시간을
마시는
카페

시간을 마시는 카페

© 최지운, 2016

초판 1쇄 인쇄일 2016년 11월 22일
초판 1쇄 발행일 2016년 11월 25일

지은이   최지운
펴낸이   정은영

펴낸곳   (주)자음과모음
출판등록 2001년 11월 28일 제2001-000259호
주소   04083 서울시 마포구 성지길 54
전화   편집부 (02)324-2347, 경영지원부 (02)325-6047
팩스   편집부 (02)324-2348, 경영지원부 (02)2648-1311
이메일   neofiction@jamobook.com

ISBN 978-89-544-3695-3 (03810)

이 책은 한국출판문화산업진흥원 2016년 우수출판콘텐츠 제작 지원 사업 선정작입니다.

시간을
마시는
카페

최지운 연작소설

네오
픽션

차례

애
피
타
이
저

프레이야 베이글

(Freyja Bagel)

'프레이야'는 사랑의 여신으로 신들 가운데 가장 아름다운 외모를 자랑한다. 그녀를 노리는 자들이 많아서, 신들에게 있어 그녀를 지키는 것은 곧 아스가르드를 지키는 것이나 다름없었다.

그녀는 사랑하는 남편이 여행에서 돌아오지 않자 그를 찾아 세계를 헤매고 다니면서 그리움의 눈물을 흘렸다. 그것이 바위에 스며들어 황금이 되었다고 전해지는데 그래서 황금을 '프레이야의 눈물'이라고 부른다.

카페 아스가르드에서 프레이야는 아침 인기 메뉴인 베이글의 이름이다. 그리고 손님들이 내 미모를 칭찬하며 부르는 애칭이기도 하다.

웨이트리스

?년 ?월

카페 아스가르드의 시간

이곳을 자주 찾는 인기 소설가 강훈은 카페 아스가르드에서 일어나는 기이한 일을 '오딘의 장난'이라고 불렀다.

역시 단골손님인 아이돌 가수 유하는 이를 타임슬립이라고 말했으며 칼럼니스트 김혜연은 모 잡지의 기사에서 운이 좋으면 겪게 되는 기분이 좋아지는 체험이라고 설명했다.

2015 시즌 프로야구 홈런왕 최성혁 선수도, 2015년 대종상 영화제 신인감독상을 수상한 조재덕 감독도, 현재 히트곡 제조기라 불리는 강태호 작곡가도 이를 겪었다고 털어놓았다.

그리고 어찌 된 영문인지 내게 물었다.

"글쎄요. 단지 손님의 아름다웠던 과거와 밝은 미래만을 바라볼 수 있기를, 하고 말했을 뿐인걸요."

나는 그저 빙긋 웃으며 이렇게 답할 뿐이다.

첫번째 메뉴

노르넨 커피

(Nornen Coffee)

'노르넨'은 운명과 예언을 주관하는 여신들이다. 우르드가 과거를, 베르단디가 현재를, 막내 스쿨드가 미래를 각각 관장한다. 이들은 신화 속의 신성한 나무, 위그라드실의 뿌리 옆에서 솟아나는 샘에 살면서 샘물을 뿌려 나무가 말라죽지 않도록 보살핀다.
노르넨의 힘은 실로 막강하다. 신들도 인간들도 감히 그녀들이 정한 운명을 바꿀 수 없다.

나는 지금 노르넨을 마신다.

작곡가

2016년 3월

아스가르드의 마지막 밤

목이 긴 글라스에 담겨 나온 검붉은 빛 커피, 노르넨!

진홍색 찻잔이 테이블과 닿으면서 둔탁한 소리를 낸다. 브람스의 헝가리 무곡 5번이 경쾌하게 흘러나오고 있기에 망정이지 조금 전 은은한 템포의 3번에서 이 소리를 들었다면 필시 얼굴을 찌푸렸을 터이다. 하늘색 유니폼이 허리 굴곡을 더욱 돋보이게 해 뒷모습이 매력적인 웨이트리스가 사라지자 조용히 글라스를 바라본다. 글라스는 자그마한 남극 대륙이다. 검붉은 대양 위로 빙산이 둥둥 떠다닌다. 그들은 대양과 하나가 되면서 점점 야위어간다. 그러면서 노르넨의 독특한 신맛을 앗아간다.

독특한 신맛, 한가로이 이런 고급 커피하우스의 한편에 앉아 시상을 떠올리는 품격 높은 시인이었다면 멋들어진 문구로 노르넨의 진정한 맛을 들려주었을 것이다. 그러나 현재 연예계에서 인기 절정인 아이돌 유하의 싱글 수록곡을 만드느라 며칠간 밤을 새워 머리가 굳은 나에겐 어림없는 일이다. 그냥 뭉뚱그려 뭔가 '독특한 신맛'이라고 표현할 수밖에.

나는 그 맛이 싫어 하염없이 글라스를 바라본다. 얼음이 완전히 녹을 때까지. 헝가리 무곡 5번이 끝나고 내가 제일 좋아하는 6번이 시작될 때까지.

카페에 처음 들렀을 때 맞은편에 앉은 점잖은 노신사가 노르넨에서 신맛이 나는 이유를 들려주었다. 하지만 지금의 나는 알지 못한다. 그 노신사를 만난 지 벌써 십 년이 되었다. 더구나 건성으로 들었다. 그러니 머릿속에서 아무리 기억을 끄집어내려해도 소용없는 짓이다.

다시 노신사를 만나뵙기를 소망한다. 당시에는 별로 궁금하지 않았는데 지금은 노르넨 맛의 비밀이 정녕 알고 싶다. 그분도 자주 즐긴다는 노르넨을 함께 마시며 신맛이 나는 이유를 정중히 물어볼 텐데. 그러나 이제 이곳은 내일이면 문을 닫는다고 한다. 현관 입구에 자리한 조그만 이젤 위의 녹색 칠판에는 지난 사십 년간 아스가르드를 찾아주신 수많은 손님들에게 감사하다는 인사와 더불어 이제 그만 문을 닫는다는 주인의 작별인사가 적혀 있다. 이곳이 벌써 사십 년이나 되었나? 나에게는 언제나 오픈 첫날이었는데. 십 년 전에도 그리고 지금도.

현재 시각 10시 47분, 카페 안에 나 말고는 아무도 없다. 북유럽 신화에 나오는 신들이 모여 산다는 나라의 이름을 딴 카페.

아스가르드, 그곳은 신들과 인간세계의 종말을 뜻하는 라그나로크가 닥쳐왔을 때 그만 파괴되었다고 한다. 그럼 나는 내일이면 찾아올 라그나로크에서 가장 마지막까지 아스가르드를 지키는 용자가 되는 것인가?

십 년 전과 변함없는 카페 안의 전경이 어느새 기억을 그 시절로 되돌린다. 과거에 나는 이곳과는 전혀 어울리지 않는, 덥수룩한 머리에 꾀죄죄한 캐주얼 차림을 한 백수였다.

방명록 속의 빛바랜 가사

테이블에 놓인 핸드폰이 요란하게 몸을 떤다. 노르넨을 한 모금 들이킨 다음 통화를 시작한다. 발신자를 확인하지 않고 무심결에 받은 걸 후회한다. 확인했더라면 필시 폰을 꺼버린 후에 계속 음악을 감상했을 거다.

"강태호 작곡가님, 안녕하십니까? 조동배입니다."

수화기를 타고 전해져오는 그의 느끼한 말투가 싫다. 그는 유하가 소속된 기획사 JES엔터테인먼트의 사장이다.

"조 사장님 어쩐 일이십니까?"

"일전에 말씀드린 유하 싱글 말입니다."

"알고 있습니다."

"발매를 좀 서둘러야겠습니다. 다음 달 말에 유하가 주연한 영화가 개봉하는 거 아시지요? 그때 맞춰서 같이 내놓으려고요."

"예, 서두르겠습니다."

"잘빠진 곡으로, 저번 싱글처럼 한 십만 장만 부탁드립니다."

통화종료 버튼을 누른다. 절로 한숨이 새어 나온다. 한 십만 장만 부탁드립니다. 그의 명령하는 듯한 말투가 느끼한 것보다 더 싫다. 그와 통화를 할 때면 기일에 맞춰 본사에 물건을 납품해야 하는 하청업자가 되어버리는 불쾌함을 느낀다. 다시금 발신자를 확인하지 않은 걸 후회한다.

어느새 6번도 끝나버렸다. 이젠 잘 알지 못하는 바이올린 연주곡이 맞은편 대리석 기둥 위 스피커에서 흘러나온다. 슬슬 이곳에 온 목적을 실행할 때가 왔다.

"그동안 모아놓은 방명록을 좀 볼 수 있을까요?"

카운터에 앉아 눈을 지그시 감고 실내를 감도는 음악에 취한 웨이트리스가 살며시 눈을 뜨며 나를 바라본다.

"맞은편 책장에 있습니다."

나는 곧장 그녀가 가리킨 곳으로 향한다. 그곳에는 19세기 유럽의 고급 커피하우스를 그대로 모방하겠다는 주인의 의도를 충실히 반영하듯 시중 가구상에서는 구하기 힘든 조각과 디자인을 갖춘 책장이 놓여 있다. 유일하게 19세기 같지 않은 게 있다면 책장 위에 다소곳이 모셔놓은 야구공이다. 무슨 내력을 지닌 물건이기에 이곳에 진열되어 있는지는 모르겠으나 파란 매직으로 큼지막하게 '1'이라고 적힌 공은 책장을 찾는 사람들을 위에서 아래로 내려다보듯 거만한 자세를 취하고 있다.

책장은 의외로 사십 년의 세월에도 불구하고 휑하다. 비교적 쉽게 선반 맨 위쪽에서 '2006년 3월'이라는 파란색 제목이 붙은, 제목과 같은 색의 노트를 발견한다. 노트를 꺼내서는 왼쪽 구석에 음각으로 'Thor'라고 새겨진 내 테이블로 돌아온다. 그리고 다시 노르넨을 한 모금 들이켠다. 신맛이 완전히 가시지 않았지만 그런대로 먹을 만하다. 노트를 펼쳐 내가 끄적거린 글이 나올 때까지 마구 넘긴다. 몇 장 넘기지 않아 십 년 전 내가 검은 볼펜으로 휘갈겨 쓴 빛바랜 가사가 눈에 들어온다. 이것을 찾으려고 나는 오랜만에 아스가르드에 들렀다.

그녀를 만나다

가사를 읽어내려가다가 아래에 짤막하게 적어놓은 문장을 발견한다.

'보내기 전에 이곳에 데리고 오는 거였는데.'

그러자 머릿속으로 주마등처럼 십 년 전의 일이 스치고 지나간다. 이맘때 나는 그녀를 회험동으로 향하는 버스—사실 회험동을 지나가지 않는 버스였다—에 떠나보내고 홀로 이곳에 들어왔다. 당시에도 현관에서 가장 가까운, 테이블 왼쪽 구석에 'Thor'라고 새겨진 이 테이블에 앉아 노르넨을 마셨다.

잠시 뒤 카페로 들어와 맞은편의 'Muninn' 테이블에 앉은 노신사가 내게로 다가와서는 노르넨 커피에서 신맛이 나는 이유를 들려주었다. 더불어 노르넨에 들어 있는 숨은 의미까지도. 아스가르드를 나서며 비로소 그걸 알아낸 나는 회험동으로 가지 않고 다시 왕십리 자취방으로 돌아왔다. 142번 버스에 몸을 실었던 그녀도 돌아왔다. 그녀는 나에게 콩나물라면을 끓여달라고 말했다.

십 년 전의 문장을 보고 나니 노신사가 들려준 노르넨 커피 맛의 비밀이 떠오른다.

"노르넨에 들어가는 와인은 커피를 시게 하지만 대신 다른 어떤 커피보다도 부드러운 맛을 내게 하지. 그래도 이 신맛이 싫다면 얼음이 완전히 녹을 때까지 잠시만 기다려보게."

마치 이사 갈 때 장롱 밑에서 잃어버렸던 딱지를 발견한 꼬마처럼 새록새록 떠오르는 당시의 기억에 흐뭇함을 느끼며 연신 커피를 마신다. 그리고 웃을 때면 언제나 그렇듯 어깨를 들썩이고 입을 크게 벌리며 노트에 적힌 가사를 들고 온 노트북 화면으로 옮긴다.

테이블에 놓인 핸드폰이 또 한 번 몸을 떤다. 조 사장의 전화는 아니겠지. 다행히 이번에는 아내다.

"오늘도 못 들어와?"

"아니, 들어가야지. 앨범 작업 거의 끝나가."

"그럼 오랜만에 콩나물라면 좀 끓여줄래?"

"먹고 싶어?"

"오늘따라 왠지 그게 생각나. 오늘은 우리에게 특별한 날이잖아."

아내의 말에 나는 카운터에 서 있는 웨이트리스를 슬쩍 바라본다. 그 말을 맨 처음 한 이는 바로 그녀이다.

"그래, 알았어."

통화를 마치고 자리에서 일어선다. 이와 동시에 요란한 종소리와 함께 황갈색 문이 열린다. 그리고 아주 낯익은 얼굴이 안으로 들어온다. 눈에 서러움이 가득한 눈물을 그렁거리면서.

그녀에게 들려주는 노래

웨이트리스를 불러 그녀에게 노르넨 커피를 가져다줄 것을 부탁한다. 물론 그녀에게는 비밀로. 이와 더불어 빌리어드 테이블 너머에 자리한 무대를 쓸 수 없겠느냐고 물어본다. 웨이트리스는 흔쾌히 승낙한다. 아스가르드의 마지막 밤을 잔잔한 음악이 채워주는 것도 근사할 거라고 말하면서.

무대로 걸어간다. 마이크는 피아노 옆으로 옮겨놓는다. 그다음 피아노 의자에 앉아 짧은 심호흡을 한다. 연주를 시작한다. 유하의 싱글 앨범에 실으려던 곡이다. 가사는 방금 전 빛바랜 파란색 노트에서 확인했다.

노래가 시작되자 그녀 앞에 목이 긴 글라스가 놓인다. 주문하지 않은 커피가 나오자 그녀는 잠시 당황해한다. 하지만 이내 노르넨을 한 모금 들이킨다. 그녀는 이내 인상을 찌푸리며 다시

테이블에 내려놓는다. 마시기를 포기한 듯 더 이상 글라스에는
눈길조차 주지 않는다. 대신 무대로 시선을 돌린다.

말없이 떠날걸

말없이 떠날걸 많이 후회해 그대의 눈물 보면서
그대가 붙잡기를 바랐기에 말하며 떠난 걸까요
어차피 그땐 멀어지는 내 뒷모습 바라보며
어차피 지금처럼 마냥 울고 있을 그대인데
말없이 떠나갈 걸 그랬어 후회뿐이지만
잘 있어 이 한마디 남기고 그대를 떠나가네요

말없이 떠날걸 많이 후회해 그대의 눈물 보면서
그대가 붙잡기를 바랐었기에 말하며 떠난 걸까요
말없이 떠나갈 걸 그랬어 후회뿐이지만
잘 있어 이 한마디 남기고 그대를 떠나가네요

그대 남기고 딛는 발걸음 내 가슴 무참히 밟기에
붙잡아주기를 바랐지만 우 - 우 -
말없이 떠날걸 많이 후회해 그대의 눈물 보면서
그대가 붙잡기를 바랐지만 행복해요 잘 있어요

노래가 계속되는 동안 그녀는 물끄러미 나를 바라본다. 노래를 끝마치자 그녀는 천천히 자리에서 일어선다. 그리고 들어왔던 황갈색 문으로 다가간다. 그녀는 문을 열고 나가려다 말고 고개를 돌려 나를 향해 큰 소리로 외친다.

"야, 이 바보야. 똑바로 알려줬어야지. 회험동으로 가는 버스는 612번이잖아."

어느새 그녀의 모습은 보이지 않는다. 화가 잔뜩 난 그녀의 목소리만 아직도 귓가를 맴돌 뿐이다. 웬일인지 나는 그 목소리가 참 좋다.

무대를 나와 조금 전까지 그녀가 앉았던 테이블에서 글라스를 집어든다. 글라스 안에서는 여전히 빙산이 머리만 불쑥 내민 채 둥둥 떠다닌다. 이게 다 녹으면 와인의 시큼한 맛을 없애줄 거야. 그러니 그때까지 조금만 기다려.

웨이트리스의 인사를 뒤로하고 아스가르드를 나선다. 간발의 차로 142번 버스가 막 정류장을 떠난다.

보 왕 약 동 청 홍 불 연 구
광 십 수 대 량 제 광 신 파
동 리 동 문 리 동 동 내 발

142번 버스는 나를 초라한 왕십리 자취방까지 데려다줬었다. 지금은 나와 아내의 행복한 보금자리로 안내한다. 다음 버스가

어서 도착해야 될 텐데. 아내가 집에서 나의 콩나물라면을 애타게 기다리는 중이다.

가수 지망생

2006년 3월

142번, 회험동으로 가는 버스

그녀는 직접 자취방까지 찾아와 우리가 대학가요제 본선에
나갈 수 없다는 소식을 알려주었다. 눈가에는 서러움의 눈물이
아직도 고여 있었다. 난 태연하게,

"그래? 밥은 먹었어?"

하고 말을 건넸다. 오히려 그녀가,

"다음 주에 본선에 나가."

이렇게 말했더라면 그녀의 표정은 아마 내 것이 되었을 터였
다. 강변가요제, 대학가요제, 여러 기획사의 신인가수 오디션에
서 이미 무수히 많은 미역국을 먹었기에 설사 한 그릇을 더 먹
었다고 한들 그 쓴맛 때문에 사자후를 토해내거나 소주라는 진
통제로 달랠 필요는 없었다. 어느새 나에겐 그딴 소리에 꿈쩍도
하지 않을 면역력이 생겼다.

전화로 알려도 될 것을—아 참 전화는 저번 달에 끊겼
다—이 담담한 아니 당연한 소식을 알려주기 위해 점심까지 거
르고 온 그녀가 안쓰러웠다. 한밤의 공복을 달래기 위해 사 들
고 왔으나 주인아줌마의 방세 독촉에 지친 나머지 먹지도 못하
고 방구석에 던져버린 라면을 찾았다. 물이 부글부글 끓고 있는
양은 냄비에 집어넣었다. 그녀의 마음도 이 냄비처럼 끓고 있
으리라. 그러하였기에 콩나물에 파, 고추, 계란까지 집어넣으며
없는 살림에 잔뜩 사치를 부린 내 콩나물라면을 끝내 먹지 않은
게 아니겠는가? 평상시의 그녀는 언제나 젓가락으로 냄비 바닥
을 벅벅 긁는 소리를 냈다.

그녀와 함께 자취방을 나왔다. 목적지도 없이 이정표도 무시
하고 곧게 뻗은 길을 무작정 걸었다. 두어 시간이 흐른 후 우리
는 '회험동 14km'라는 표지판이 보이는 버스정류장 벤치에 나
란히 앉았다. 표지판은 큼지막한 건물의 1층에 자리한 조은은
행 왕십리 지점의 간판을 반쯤 가렸다. 수십 대의 버스를 떠나
보낸 뒤 그녀가 조용히 입을 열었다.

"회험동에 들어갈 거야."

"이젠 가야겠지?"

"미안해. 먼저 가서 기다릴게."

"142번이나 577번을 타야 돼. 612번도 있긴 하지만 그건 좀
돌아."

"어느 게 더 빨라?"

"142번. 뭐 비슷비슷해."

142번 버스가 도착하여 앞문을 활짝 열어주었다. 그녀는 천천히 자리에서 일어나 버스로 다가갔다.

"붙잡지 않을 거야?"

그녀가 버스에 오르기 전 나를 돌아보며 물었다.

"무슨 자격으로."

"아까 한 말 취소할게. 넌 제발 오지 마."

그녀는 환한 웃음을 지으며 버스에 올랐다.

보 왕 약 동 청 홍 불 연 구
광 십 수 대 량 제 광 신 파
동 리 동 문 리 동 동 내 발

그렇게 그녀는 내 곁을 떠났다. 방금 전 씁쓸한 이별의 아픔을 겪었는데 우습게도 가슴 한구석에서 활화산처럼 터져 나오는 것은 울음이 아니라 갈증이었다. 목이 컬컬했다. 커피가 생각났다. 담배를 피우지 않는 대신 초조할 때면 찾는 것이 바로 700원짜리 캔커피였다.

마침 근방에 편의점이 있는 게 생각났다. 늦은 밤까지 그녀와 함께 자취방에서 노래 연습을 하고 나면 그녀를 늘 집까지 바래다주었다. 심야의 정적을 뚫고 우리를 실은 버스가 이 근방을 달릴 즈음이면 차창 밖 풍경 속 조은은행 지점 옆에 작은

편의점이 자리하고 있었다. 얼른 그곳에서 싸구려 캔커피로 컬컬한 내 목을 적셔주어야겠다는 생각 외에는 아무것도 떠오르지 않았다.

그런데 내 기억과 달리 버스정류장 뒤편으로 마치 19세기 유럽의 어느 번화가에서나 봄직한 호사스러운 2층 목조 주택이 나타났다. 2층 발코니 아래에 달린 간판에는 멋들어진 이탤릭체로 'Cafe Asgard'가 새겨져 있었다. 그 옆에 우뚝 솟은 가스등은 조은은행 지점의 간판 불빛에 비하면 왜소하지만 은은한 분위기를 자아내는 주황색 아르곤 가스 불빛을 내뿜으며 자신이 여기에 서 있다는 것을 알렸다. 현관 옆의 이젤 위에는 누군가 분필로 투박하게,

"사십 년간 아스가르드를 찾아주신 수많은 바이킹과 발키리들에게 감사의 말을 전합니다. 오늘을 마지막으로 아스가르드는 라그나로크를 맞이합니다. 비록 아스가르드는 사라져도 여러분과의 추억은 영원히 이 자리에 남을 것입니다."

하고 적어놓은 자그만 녹색 칠판이 놓여 있었다.

이런 호사스러운 저택이 무려 사십 년이나 이곳에 있었단 말인가? 나에겐 오픈 첫날 같은데. 그 신비스러운 분위기에 이끌려 조심스럽게 카페로 발걸음을 옮겼다. 황갈색 문을 열자 문에 매달린 종이 요란스럽게 울었다. 나는 천천히 카페 안으로 들어섰다.

아스가르드에 들어서다

나는 카페의 호화로움에 눈이 휘둥그레지지 않을 수 없었다. 높은 대리석 기둥에 토르, 프레이야, 발키리 등 북유럽 신화의 신들을 그린 천장의 프레스코화, 테두리가 금박으로 장식된 거울, 나란히는 섰지만 그리 다정해 보이지는 않는 오딘과 프리그의 브론즈상. 고급 원두커피 박스케이스를 진열한 유겐트슈틸의 쇼윈도와 카운터, 중세 유럽의 어느 영주 응접실에 놓여 있었다고 해도 믿을 만한 고풍스러운 테이블과 의자, 이스탄불의 바자르에 걸려 있어야 더 어울릴 법한 이국적인 무늬의 커튼과 카펫. 그리고 이 모두를 천장에 높이 달린 호사스러운 샹들리에가 부드럽게 비쳐주고 있었다.

카운터 맞은편은 역시 19세기 유럽 고급 커피하우스의 분위기를 물씬 풍기는 빈티지한 책장이 놓여 있었고 그 옆으로는 포켓볼을 즐길 수 있는 빌리어드 테이블과 친구들끼리 이야기를 나누며 포커를 즐기기에 딱 알맞은 대형 탁자가 자리했다. 그 뒤로 펼쳐진 자그만 무대에는 제작년도와 국적을 가늠하기 어려운 오래된 그랜드피아노와 사람 키만 한 긴 스탠드마이크가 놓여 있었다.

마치 황갈색 문 하나를 사이에 두고 21세기에서 19세기로 타임슬립을 한 것 같은 착각이 들었다. 나에게는 뭔가 맞지 않는 이 고풍스러운 실내 분위기에 압도되어 들어온 문을 통해 다시 21세기로 돌아가야겠다는 결심을 했다. 하지만 어느새 하늘색 유니폼을 입은 예쁜 미소의 웨이트리스가 다가왔다. 하는 수 없이 나는 가장 가까운 테이블에 그대로 주저앉았다. 테이블 왼쪽 구석에는 굵은 이탤릭체로 'Thor'라고 새겨져 있었다.

"아스가르드에 오신 걸 환영합니다. 여기서는 손님의 아름다웠던 과거와 밝은 미래만을 볼 수 있기를. 무엇을 드릴까요?"

웨이트리스는 메뉴판을 건네며 지나치게 친절한 인사를 건넸다.

"여, 여긴 처음이라……, 그냥 카페라테 주십시오."

죄지은 사람처럼 말을 더듬거리며 나는 조심스럽게 주문했다.

"그것도 괜찮지만 좀 색다른 걸 음미해보시는 건 어떨까요? 오늘은 손님에게 특별한 날로 기억되지 않을까요?"

특별한 날? 그렇다. 오늘은 나에게 특별한 날이다. 대학가요제 본선에 떨어진 건 특별한 일이 아니다. 방금 전 나는 대학 노래동아리 시절부터 나와 혼성 듀오를 이루었던 그녀를 회험동으로 떠나보냈다. 시험이 모여 있는 동네라는 뜻으로 붙여진 이름, 회험동! 동네 이름답게 그곳은 각종 고시와 공무원 시험을 준비하는 이들과 그들을 상대로 돈을 벌려는 학원과 독서실, 고시원이 잔뜩 몰려 있었다.

이제 그녀는 그곳에서 다른 수십만 명의 수험생과 어깨를 부대끼며 학업에 매진할 것이다. 그러다 실력과 운이 어느 접점에서 만나면 어느 조그만 동사무소나 공공기관에 들어가겠지. 그럼 콩나물라면을 잘 끓이는 왕십리 자취방의 가수지망생을 찾

을 일은 없을 것이다. 이제 나는 이곳에서 그녀를 따라갈지 아
님 혼성 듀오는 사라졌어도 솔로로서 내 꿈을 계속 노래할 것인
지를 결정해야 한다.

그렇다. 하늘색 유니폼이 잘 어울리는 웨이트리스의 말대로
오늘은 특별한 날이다. 숱하게 마셨던 싸구려 캔에 담긴 카푸치
노가 지금 이 순간 벗이 될 수는 없다. 그런데 웨이트리스는 오
늘이 나에게 특별한 날이라는 걸 어떻게 알았을까? 처음 본 손
님에게는 무조건 날리고 보는 그녀의 식상한 멘트였을까?

메뉴판을 펼쳤다.

노르넨 커피(Nornen Coffee)	₩ 6,000
브라기 티(Bragi Tea)	₩ 5,500
칵테일 무닌(Cocktail Muninn)	₩ 7,000
토르 비어(Thor Beer)	₩ 6,000
이둔 애플주스(Idun Apple Juice)	₩ 4,000
울르 와플(Ullr Waffle)	₩ 3,500
미미르 케이크(Mimir Cake)	₩ 5,000
프레이야 베이글 (Freya Bagle)	₩ 4,000

희한하고 생소한 이름의 음료와 주류, 디저트가 나를 고르라
고 금박 입힌 이름을 반짝반짝 빛내고 있었다. 다들 일반적인
커피 체인점의 메뉴판에서는 도저히 찾아볼 수 없는 것뿐이었

다. 메뉴판을 한참을 쳐다보며 무지에서 오는 고민을 했다. 과연 오늘같이 특별한 날에 어울리는 메뉴란 대체 뭐란 말인가?

"어떤 게 괜찮을까요?"

슬쩍 고민을 웨이트리스에게 넘겼다.

"이른 봄에 마시는 아이스커피는 어떨는지요?"

주저없이 "그거 괜찮겠군요"라고 대답했다. 어련히 알아서 추천했겠지.

"그럼 노르넨으로 가져오겠습니다."

노르넨이 뭐지? 다른 커피들과 뭐가 다른 거야? 이런 생각을 하는 동안 실내에는 내가 좋아하는 브람스의 헝가리 무곡 6번이 흘러나왔다. 이와 엇비슷하게 웨이트리스는 목이 긴 글라스를 테이블에 올려놓고 사라졌다. 검붉은색을 띠었으며 그 안에는 같이 나온 시럽 잔보다 더 큰 얼음이 둥둥 떠다녔다. 마치 남극해를 떠도는 빙산 같았다. 이게 노르넨이라는 이름의 커피란 말인가? 빨대로 맛을 보았다. 우웩, 무슨 커피가 이리 신지. 아무래도 잘못 시켰다. 역시 내 입맛에는 싸구려 캔커피가 제격이다.

앞에 놓인 정체를 알 수 없는 고급 커피를 마시긴 글렀다. 그러나 카페에는 좌중을 압도하는 고상한 분위기 속에서도 이상하게 나를 편안하게 해주는 아늑함이 있었다. 거기에 기대어 내 미래를 진지하게 고민해봤다. 나는 능력도 가망도 없는 가수지망생이다. 예전엔 꿈과 열정과 그녀가 내 앞에 밀어닥치는 무수한 좌절과 난관의 파도를 헤쳐 나가는 범선이 되어주었다. 하지만 수많은 가요제와 오디션의 낙방 소식에 꿈이라는 돛을 잃어버렸고 궁색 맞은 왕십리 자취방에서 열정의 스크루가 부서졌다. 방금 전 카페 앞 버스정류장에서 그녀가 파란색 142번 버스에 몸을 실고 무정하게 떠나면서 마침내 범선은 가라앉았다.

이제 나에게 남은 건 아무것도 없었다. 그녀처럼 훌쩍 요 앞 정류장에서 버스에 몸을 싣고 회험동으로 향하고 싶었다. 물론 그곳에도 입시지옥이라는 또 다른 괴로운 관문이 기다리고 있긴 하다. 그렇지만 든든한 새 범선이 준비되어 있을지도 모른다.

그녀가 어디에서 내릴지 궁금하다. 142번 버스는 회험동으로 향하지 않는다. 좀 돌아간다고 말했던 612번 버스가 사실은 10분 만에 회험동 학원가로 데려다준다.

'Muninn'이라고 새겨진 맞은편 테이블에 파란색 노트가 놓여 있는 모습이 눈에 들어왔다. 그러고 보니 내 자리에도 똑같은 노트가 놓여 있었다. 안을 들여다보았다. 방명록이나 낙서장으로 쓰이는 것인지 이전에 다녀간 손님들이 적어놓고 간 짤막한 문장들로 가득했다. 한참 동안 그들이 남기고 간 글들을 읽었다. 그러다 나도 모르게 호기심이 발동했다. 노트 끝에 굵은 털실로 매달린 검은색 볼펜을 들어 몇 자 적었다.

'노르넨, 너무 시다.'

이내 두 줄을 그었다. 아마 이 커피는 신맛이 매력일 것이다.

'그녀를 붙잡아야 했다.'

이 역시 두 줄로 죽죽 그었다. 나는 그녀를 붙잡을 자격이 없었다. 이제 그녀는 나와 함께한 시간들을 잊고 회험동에서 새로운 인생을 시작할 것이다. 아니 그래야 한다.

'보내기 전에 이곳에 데리고 오는 거였는데.'

줄을 그으려다 만다. 이건 맞는 말이다. 수중에 달랑 만 원 한 장밖에 없어 어쩌면 내 것은 시키지 못하고 그녀가 마시는 것을 바라보아야만 할지도 모르지만 그렇다 하더라도 진작 이곳을 알았더라면 떠나보내기 전에 한 번쯤은 데리고 오는 거였다. 문득 기막힌 가사가 머릿속을 스치고 지나갔다. 황급히 떠오른 가사들을 끄적거린 문장 위쪽에 적었다.

종소리가 요란하게 울렸다. 황갈색 문이 열리면서 중절모에 회색 바바리코트를 입은 노신사가 'Muninn' 테이블에 앉았다.

"아가씨, 노르넨 한 잔 부탁합니다."

이곳에서 노르넨은 카페를 대표하는 인기 메뉴인가 보다. 아님 저분도 오늘 특별한 일을 맞이하셨거나.

노르넨을 마시는 법

노신사가 헛기침을 하며 자신의 글라스를 들고 내게 다가왔다. 드넓은 카페에서 나와 단둘이 있으니 민망한 모양이다. 아님 말동무가 필요했거나.

"자네도 노르넨인가?"

그는 친근한 미소를 지으며 내 동의도 구하지 않고 맞은편 의

자에 털썩 주저앉았다.

"그걸 마시는 걸 보니 오늘은 자네에게 아주 특별한 날인가 보군."

이분의 말벗이 되어드리긴 싫다. 아직 나는 중요한 선택의 기로에서 갈피를 못 잡고 방황하는 중이다. 잠시만 그저 홀로 조용히 있고 싶다.

"나도 여기에 처음 들렀을 때 웨이트리스가 그러더군. 오늘 같이 특별한 날엔 좀 색다른 커피를 마셔보는 게 어떻겠냐고. 그러면서 이른 봄에 마시는 아이스커피는 어떠냐며 이걸 권했지. 바로 이 노르넨을."

노신사는 이리 말하더니 단숨에 글라스의 반을 비워버렸다. 이분은 왜 내게 궁금하지도 않는 걸 이리 주저리주저리 떠드시는 걸까?

"시지 않으세요?"

"물론 시지. 커피에 와인이 들어가서 그러한 맛이 나온다네. 노르넨에 들어가는 와인은 커피를 시게 하지만 대신 다른 어떤 커피보다도 부드러운 맛을 만들어주지."

"그랬군요. 몰랐습니다."

"하긴 나도 처음엔 몰랐어, 하하하."

웃을 때 어깨를 들썩이며 입을 크게 벌리는 게 무척 호탕했다. 나도 저분처럼 저렇게 활짝 웃을 수 있는 만년을 맞이할 수 있을까? 불과 몇 분 사이지만 그분의 웃는 모습에 친근함을 느껴 이참에 궁금하던 걸 더 물어봤다.

"그럼 왜 노르넨이라는 이름이 붙었는지도 아시겠군요."

"노르넨은 북유럽의 신화에 나오는 운명과 예언의 여신일세. 세 자매인데 각기 과거와 현재 그리고 미래를 하나씩 관장하지. 그들의 힘은 실로 막강하여 아무도 그들이 정한 운명을 바꿀 수가 없다네. 인간은 물론 신도 마찬가지지."

"그렇군요. 근데 그게 이 커피랑 무슨 상관이죠?"

"자네의 운명은 어찌 정해졌다고 보는가? 노르넨을 마시며 그걸 한번 생각해보라고 이 커피를 처음 만든 사람이 그리 이름 붙인 건 아닐까?"

"어르신 같은 애호가가 아니라면 그저 신맛이 역겨운 커피인 뿐인걸요."

"그럴까? 어디 지금 한번 마셔보게."

노신사는 정색한 얼굴로 돌변하며 나를 바라보았다. 위압적인 분위기에 압도된 나는 순순히 노르넨을 마실 수밖에 없었다. 놀랍게도 조금 전까지 시큼했던 맛은 감쪽같이 사라지고 어느새 노르넨에서는 파인애플과 키위의 상큼한 맛이 났다.

"얼음이 완전히 녹을 때까지 기다렸다가 마시면 신맛은 가시고 대신 상큼한 과일 맛만 난다네. 노르넨만의 매력이라 할 수 있지."

잠시 긴장된 침묵이 흘렀다. 조금은 웅장한 교향곡이 이 어색한 정적을 간신히 메워주었다. 노신사는 글라스에 담긴 나머지를 들이켰다. 그러고는 천천히 자리에서 일어섰다.

"참, 나도 궁금한 게 하나 있는데. 회험동에 가려면 요 앞 버스정류장에서 몇 번을 타야 하나?"

"612번요. 577번도 있긴 하지만 그건 좀 돕니다."

"142번도 가는 걸로 알고 있는데."

"타지 마세요. 근처에도 안 가요."

"그런가? 고맙네. 이만 가봐야겠어."

"또 볼 수 있을까요?"

"오늘이 아스가르드의 마지막 밤이라……. 하지만 오딘이 장난을 친다면 분명 또 볼 수 있을 거야."

노신사는 한바탕 호탕한 웃음을 날리며 황갈색 문을 빠져나갔다. 실내에 다시 헝가리 무곡이 흘러나오기 시작했다. 아마 웨이트리스가 CD를 갈아 끼우기 귀찮아서 오토리버스를 걸어놓은 모양이다. 내가 제일 좋아하는 6번이 나오길 기다리며 노르넨을 마셨다.

노신사가 마지막에 한 말을 곰곰이 생각해보았다. 얼음이 완전히 녹을 때까지 기다렸다가 마시면 노르넨의 전혀 다른 맛을 느낄 수 있다는 말이 단순한 설명처럼 들리지는 않았다. 그렇다고 무언가 명쾌하게 머릿속에 잡히는 건 아니었다. 다만 기다리면 커피가 알아서 신맛을 거둬가고 상큼한 맛을 전해준다는 사실만 들어올 뿐.

노르넨이 정한 운명은 인간도 신도 바꿀 수 없다고 한다. 진짜로 그들이 존재한다면 그들은 내 운명을 어떻게 정해놓았을까? 가요제와 오디션에서 번번이 낙방하는 것도, 이런 나와 자신에 지쳐 그녀가 회현동으로 매정히 떠나버린 것도 애초부터 그들이 정한 운명일까? 그렇다면 군말 없이 그 길을 걸어야 하는 것일까? 만약 그 여신들과 이름이 같은 검붉은색 커피처럼 잠시 기다려보면 어떨까? 잠시만 기다려보면…….

다시 노트를 펼쳐 조금 전에 끄적거린 문장을 바라보았다.

'보내기 전에 이곳에 데리고 오는 거였는데.'

지금 이 순간 그녀가 내 옆에 없는 게 정말 후회스러웠다. 허전했다. 노르넨으로 그 허전함을 메웠다.

노신사

2046년 3월

노르넨을 마시고 있을 것이다, 아니 마신다

담당의사는 직접 병실로 찾아와 앞으로 생이 길어야 두 달밖에 남지 않았음을 알려주었다. 그의 표정엔 근심과 초조함이 가득했건만 나는,

"그래요? 식사는 하셨습니까?"

하고 태연하게 말을 건넸다. 그가 오히려,

"완쾌되셨습니다. 다음 주에 퇴원하셔도 좋습니다."

하고 말했다면 그의 표정은 아마 내 것이 되었을 터였다. 검사결과가 잘못된 것이라고 항변하면서 말이다. 올해로 예순다섯, 이만하면 살 만큼 살았고 맘에 드는 곡도 남겼다. 이제 그만 이 세상을 떠나야 한다고 해도 미련이나 후회 같은 건 없다. 다만 죽기 전에 이곳을 들르지 못한다면 혹여 하나 남을지도 모르겠다.

'회험동 14km'라는 표지판이 떡하니 보이는 버스정류장 뒤편에 자리한 고급 커피하우스, 아스가르드! 지금의 나를 있게 해준 곳이다. 십여 년 전 화재로 카페가 몽땅 전소된 뒤, 더 이상 그곳을 찾지 않았다. 그러다 지병인 간암이 악화되어 입원해 있는 동안 친구들이 심심할 때 읽으라고 가져다준 남성잡지의 코너 기사에서 내가 기억하고 있는 그 자리에 카페 아스가르드가 여전히 바이킹 전사와 발키리들을 맞이하고 있다는 걸 알게 되었다. 내 인생의 라그나로크가 찾아오기 전에 그곳에서 헝가리 무곡을 들으며 글라스에 담겨 나오는, 검붉은색과 신맛이 매력적인 노르넨을 마시고 싶었다. 여전히 신맛이 싫어 얼음을 완전히 녹인 다음에 먹어야 하는 번거로움은 있겠지만.

의사의 만류를 무릅쓰고 병원을 나와 아스가르드로 향했다. 그리고 처음 이 카페에 들어섰을 때처럼 두근거리는 마음을 안고 황갈색 문을 열고 들어갔다. 은은함보다는 요란함에 더 가까운 종소리가 등 뒤에서 울렸다. 빈 테이블에 앉아 실내를 감도는 음악 소리에 귀 기울이니 아쉽게도 내가 제일 좋아하는 헝가리 무곡 6번의 마지막 악장이 흐르는 중이었다. 하지만 하늘색 유니폼의 뒷모습이 매력적인 웨이트리스에게 다시 한 번 틀어 줄 것을 부탁하면 될 일이니 걱정할 일은 아니다.

테이블 하나를 사이에 두고 고풍스러운 실내와 어울리지 않게 덥수룩한 머리에 꾀죄죄한 옷차림의 사내를 발견했다. 낯이 익었다. 그는 목이 긴 글라스에 담긴 커피를 조심스럽게 마시며 파란색 노트에 뭔가를 열심히 끄적거렸다.

　분명 그를 어디선가 본 적이 있다. 그는 아마 노르넨을 마시고 있을 것이다.

　아니 나는 지금 노르넨을 마신다.

두번째 메뉴

이둔 애플주스

(Idun Apple Juice)

'이둔'은 먹으면 결코 늙지 않게 해주는 '청춘의 사과'를 가꾸는 여신
이다. 그 이름에는 '굉장히 사랑받는 자'라는 의미가 담겨 있다. 신들
은 그녀의 사과를 먹음으로써 언제까지나 빛나는 젊음을 간직한다.
그녀를 거인 '티야치'에게 빼앗기면서 한동안 아스가르드의 신들은
몸이 노쇠해지는 소동을 겪는다. 그들은 그녀를 힘겹게 티야치의 손
에서 되찾아오면서 다시 청춘을 회복할 수 있었다.

지금 내 앞에 놓인. 뭉뚝한 항아리 모양의 글라스에 담긴 애플주스에
는 바로 그녀의 이름이 붙어 있다.

여자 아이돌

2016년 4~5월

어느 늦은 일요일 저녁에

뒤에서 매니저 오빠가 부르는 소리가 희미해질 때쯤에야 겨우 뜀박질을 멈추고 숨을 골랐다. 그리고 고개를 돌려 주위를 돌아보았다. 낯선 야경이 눈앞에 펼쳐졌다.

'여긴 어디지? 한남사거리에서 도망쳤으니 한남동인가?'

하지만 동네 이름이 무엇이든 그건 중요하지 않았다. 중요한 건 내가 소속사로 돌아가지 않고 무단가출을 감행했다는 것! 그로 인해 날이 밝으면 현재 JES엔터테인먼트의 간판 연예인 유하의 잠적 기사가 각종 포털 사이트에 대문짝만하게 실릴지도 모른다는 것이다.

4월 둘째 주 일요일의 어느 늦은 밤, 나는 이런 무모한 짓을 저지르고 말았다. 신사동에 위치한 소속사 빌딩으로 향하던 매니저 오빠의 밴이 한남사거리에서 신호에 걸려서 잠시 정차하던 바로 그때, 무작정 차에서 내려 정신없이 내달렸다. 소속사에서 내 자그만 부탁을 들어주지 않았기 때문이다.

"오빠, 저번에 말한 거 어떻게 됐어? 조 사장님이 뭐래?"

행사를 마치고 소속사로 돌아가는 밴 안, 나는 기운이 잔뜩 빠진 목소리로 오빠에게 지난번에 부탁한 일을 확인했다.

"이번 주는 스케줄 몽땅 취소하고 그냥 쉬고 싶어."

그러나 오빠는 내가 원했던 대답인,

"스케줄 조정해줄 테니까 그렇게 하라고 하던데."

하는 말 대신에 품 안에서 꼬깃꼬깃하게 접은 종이 한 장을 꺼냈다. 거기에는 오빠가 서툰 엑셀 프로그램으로 작성한 이번 주 스케줄이 빼곡히 적혀 있었다.

[4월 셋째 주 스케줄]

- K브랜드 화장품 CF 촬영
- S전자 창립총회 축하공연
- F사 이동통신 CF 촬영
- K브랜드 마케팅 팀장과의 저녁식사
- 싱글 뮤직비디오 촬영
- 영화 〈Let's play lady〉 공개시사회
- 매거진 W 커버스토리 인터뷰
- M방송사 라디오 게스트 출연
- 수원 S여대 축제공연
- M방송사 이희선 PD와의 미팅
- 싱글 쇼케이스 준비
- M방송사 수목극 대본 리허설

"이게 뭐야?"

"사장님이 지금 징징거릴 때냐고 그러더라. 이제 겨우 빵 떴는데 브레이크 밟을 거냐고."

"그래서 안 된다는 거야? 나 존나 지치고 힘들어 죽겠어."

"물 들어왔을 때 노 저어야 하는 거래."

"악! 제발 지랄 맞은 소리 좀 하지 마!"

그러고 십 분 후, 나는 탈출을 감행했다. 망사 스타킹과 핫팬츠, 어깨가 훤히 드러나는 탱크톱, 짙은 무대화장이 고즈넉한 일요일 밤거리와는 어울리지 않았다. 하지만 차가운 밤공기를 맘껏 들이마시며 내 앞으로 곧게 뻗은 길을 하염없이 걸었다. 자유! 나는 지금 자유를 누리는 중이다.

얼마나 걸었을까? 나는 4차선으로 이루어진 삼거리를 만났다. 슬쩍 고개를 들어 표지판을 바라보았다.

회험동이라는 표지판을 보자 삼 년 전에 세상을 떠난 선호오빠가 떠올랐다. 강북 최대의 고시촌으로 시험이 모여 있는 동네라는 뜻에서 이름 붙여진 회험동! 그곳에서 선호오빠는 이 년간 소박하게 동네 주민센터에서 근무하는 9급 공무원을 꿈꿨다. 오빠는 나를 처음 만난 날 공무원 시험 합격증을 보여주면서 회험동에서 탈출한 기쁨을 마구 표출했다.

그러고 보니 오빠를 처음 만난 데가 여기서 그리 멀지 않은 곳에 자리한 고급스러운 카페였다. 왕십리와 회험동을 잇는 도로 중간에 자리한 어느 버스정류장의 바로 뒤편이었다.

갑자기 그곳에 가고 싶어졌다. 딱히 갈 데도 없었거니와 며칠 후면 오빠의 기일인지라 그곳에서 오빠와의 추억을 떠올리고 싶었다. 자연스레 발걸음이 삼거리의 왼쪽 길로 향했다.

선호오빠를 처음 만난 곳에서

그렇게 이십여 분을 걷다가 호사스러운 2층 목조 주택에 도
착했다. 2층 발코니 아래에 달린 간판에는 멋들어진 이텔릭체
로 'Cafe Asgard'가 새겨져 있었다. 그 옆에 우뚝 솟은 가스등은
조은은행 지점의 간판 불에 비하면 왜소하지만 은은한 분위기
를 자아내는 주황색 아르곤 가스 불빛을 내뿜으며 자신이 여기
에 서 있다는 것을 알렸다. 나는 조심스레 문을 열고 안으로 들
어갔지만 문에 달린 종이 심하게 울렸다.

카페 안의 풍경도 사 년 전 내 머릿속에 자리한 그대로였다.
카페를 떠받치는 웅장한 대리석 기둥, 북유럽 신화에 등장하는
여러 신들이 그려진 그림, 고풍스러운 테이블과 의자, 기이한
무늬의 커튼과 카펫, 이 모든 것들을 은은하게 비춰주는 샹들리
에! 한마디로 소속사 앞 번화가에 즐비하게 자리한 대형 프랜
차이즈 커피전문점에서는 도무지 찾아볼 수 없는 실내 인테리
어였다.

나는 오빠를 처음 만났던 자리에 앉았다. 이곳 테이블은 모두
왼쪽 아래에 굵은 이텔릭체로 북유럽 신화에 등장하는 신들의
이름을 음각으로 새겨놓았다. 우리는 'Idun'이라고 새겨진 테
이블에서 만났다.

이둔은 계속 먹으면 젊음을 유지하게 해주는 청춘의 사과를 가꾸는 여신이라고 했다. 이를 맨 처음 알려준 사람이 서서히 내게로 다가왔다. 하늘색 유니폼을 입은 모습이 미소와 더불어 무척이나 예쁜 카페 웨이트리스였다.

"아스가르드에 오신 걸 환영합니다. 여기서는 손님의 아름다웠던 과거와 밝은 미래만을 볼 수 있기를. 오랜만에 오시네요?"

"절 기억하세요?"

"그럼요. 인기 아이돌 유하시잖아요."

"맞아요. 하지만 데뷔 전에 와서 기억 못 하실 텐데……."

"웬걸요. 그때 애플주스를 마셨잖아요. 오늘도 그걸로 드릴까요?"

"근데, 제가 지금 돈이 없어서……."

"그럼 사인을 해주세요."

웨이트리스는 카운터 바로 옆 벽면에 걸린 액자들을 가리켰다. 액자 속에는 이곳을 방문했던 유명인들, 예를 들어 지난해 홈런왕 타이틀을 거머쥔 최성혁 선수, 현재까지 11주 연속 베스트셀러 순위에 이름을 올린 소설가 강훈, 작년에 대종상 신인감독상을 수상한 영화감독 조재덕, 이번 내 싱글의 수록곡을 모두 작곡한 인기 작곡가 강태호 선생님의 사인도 들어 있었다.

나는 웨이트리스의 부탁대로 사인을 해주고는 대신 뭉뚝한 항아리 모양 글라스에 담긴 애플주스를 받았다. 글라스를 입으로 가져간 뒤 가볍게 음미했다. 달달한 사과 맛과 향은 예전과 다르지 않았다.

카페도, 웨이트리스도, 애플주스도 모두 그대로인데 나만 변한 것 같은 생각이 들자 왠지 모르게 서글퍼졌다. 다른 이들이 보기에는 배부른 소리로 들릴지 모른다. 너무도 잘 변했기 때문이다. 사 년 전에는 예전 소속사에서 퇴출된 무명의 연습생에 불과했다. 그렇지만 지금은 포털 사이트에 유하를 검색하면 수많은 기사와 사진, 노래, 출연한 드라마와 예능 프로그램, CF가 잔뜩 토해지는 스타가 되었다.

그런데도 예전에는 지금처럼, 지금은 예전처럼 되고 싶은 이유는 무엇일까?

종소리가 들렸다. 손님이 들어온 모양이다. 웨이트리스는 손님에게 다가가 주문을 받았다. 내가 자리한 테이블 바로 뒤편이어서 그들의 대화가 모두 들렸다. 낮게 깔린 중저음의 남자 목소리가 왠지 낯설지 않았다.

"아스가르드에 오신 걸 환영합니다. 여기서는 손님의 아름다웠던 과거와 밝은 미래만을 볼 수 있기를. 무엇을 드릴까요?"

"이곳이 처음이라……. 지나가는 길에 비가 와서 잠시 피한 것이거든요. 그냥 가장 싼 걸로 주세요."

"애플주스가 가장 싼데요. 그럼 그걸로 드릴까요?"

"네."

나는 피식 웃음을 터뜨렸다. 내가 이 카페를 처음 들른 이유와 같아서였다. 예전 소속사로부터 퇴출 통보를 받고 나서 나는 곧장 고향으로 내려가지 않고 홀로 밤거리를 배회했다. 바로 내려가면 분명 엄마 앞에서 펑펑 울음을 터뜨리며 못난 모습을 보일까 봐 마음을 달래기 위해서였다. 그러나 드넓은 서울 한복판에서 나를 부르는 데도 없고, 갈 곳도 마땅치 않았다. 서너 시간을 하염없이 걷고 또 걸었다.

그러다 왕십리에서 회현동으로 넘어가는 도로에서 소나기를 만났다. 주위를 둘러보았지만 비를 피할 곳이 도무지 보이지 않았다. 이때 눈에 들어온 곳이 바로 이 카페였다. 비가 오지 않았더라면 분명 카페의 화려한 외관에 압도되어 절대 들어가지 않았을 것이다.

그렇게 들어간 카페에서 웨이트리스는 내게 메뉴를 물었고 나도 가격이 가장 싸다는 이둔 애플주스를 골랐다. 얼떨결에 고른 메뉴였지만 상큼하고 달달한 맛과 향이 무척 마음에 들었다.

맞아! 그때도 카페 안에는 나 말고 아무도 없었다. 그러다 잠시 후 다른 손님이 들어왔다. 그가 바로 삼 년 전 불의의 사고로 세상을 떠난 선호오빠였다.

다시 그를 만나다

잠시 카페 안에 정적이 흘렀다. 대리석 기둥에 박힌 스피커에서 흘러나오는 감미로운 클래식 선율만이 실내를 맴돌았다.

"화장실이 어딘가요?"

남자 손님이 웨이트리스에게 물으며 자리에서 일어섰다. 그리고 그녀가 가리킨 방향으로 성큼성큼 움직였다. 그러다 그만 이둔 테이블 모서리에 허리를 부딪쳤다. 테이블 위에 놓인 항아리 글라스가 잠시 몸을 떨었다.

"죄송합니다."

그는 고개를 숙여 내게 미안함을 표시했다. 나는 그를 보자 너무 놀란 나머지 자리에서 벌떡 일어섰다. 혼자만의 시간을 방해한 사람이 바로 오늘 나를 이곳에 오게 만든 장본인이었다. 분명 삼 년 전에 내 눈앞에서 세상을 떠난 사람.

꿈을 꾼 게 아닌가 싶어 손가락으로 허벅지를 꼬집었다. 고통이 머리까지 전해지는 게 꿈은 아니었다. 그럼 삼 년 전에 죽은 사람이 어떻게 내 앞에 나타날 수 있는 거지? 나는 떨리는 목소리로 그에게 물었다.

"오빠 맞아? 김선호?"

그는 고개를 돌려 빤히 나를 바라보았다.

"절 아세요?"

나는 자리에 털썩 주저앉았다. 내 앞에 서 있는 남자는 선호 오빠가 분명했다. 하지만 그는 나를 모르는 사람 취급했다. 말투나 행동 모두 일부러 꾸며 외면하는 것이 아니라 진심인 듯 보였다.

"회험동 고시촌에서 오랫동안 공부했잖아."

"네, 그런데……."

"그리고 지금은 주민센터에서 일하고."

"제가요?"

"사 년 전에 이곳에서 처음 만났고……."

"우리가요?"

"다음 달에 나한테 사귀자고 고백했잖아."

"정말요?"

"정말 나 모르겠어? 나 유하…… 아니 지선이잖아."

"글쎄요, 전 여태 공무원 시험을 준비하는 수험생일 뿐인걸
요. 사 년 전엔 군복무 중이었고……. 전 오늘 당신을 처음 보는
데요."

그래도 그는 내가 아는 선호오빠가 확실했다. 불현듯 말도 안
되는 상상이 내 머릿속을 스치고 지나갔다. 혹시 내가 시간을
거슬러온 것은 아닐까?

"저기, 올해가 몇 년도야?"

"나 참, 2012년이잖아요. 근데 듣자듣자 하니까 왜 첨 보는
사람한테 자꾸 반말입니까?"

나는 너무 놀라 벌어진 입을 황급히 손으로 가렸다.

어느새 눈가에 눈물이 그렁그렁 맺혔다. 생전 처음 보는 여자
가 난데없이 자신에게 아는 척을 하더니 이제는 눈물을 쏟아내
려고 하자 그는 적잖이 당황한 얼굴이었다.

"울지 마세요. 우는 모습이 얼마나 보기 흉한데, 마스카라 막
번지고……."

사 년 전의 시간대라는 것을 알았지만 언제까지 이 시간대에 머물 수 있는지는 알 수 없었다. 이대로 평생 과거의 시간에서 다시 미래를 만들어가며 살아야 하는 것인지, 아니면 잠시 이랬다가 다시 원래의 시간으로 되돌아가는 건지.

하지만 적어도 확실한 건 미래를 바꿀 수 있는 기회가 주어졌다는 것이다. 삼 년 전, 아니 지금 시간대에서는 일 년 후에 오빠가 교통사고로 죽는 걸 막을 수 있다.

"오빠, 잘 들어. 웬 미친년이 황당한 소리를 한다고 생각할지 모르지만 그래도 꼭 기억해야 해. 오빠는 2013년 4월에 제주도에서 교통사고로 죽어. 그러니까 절대 제주도에 가면 안 돼."

"제가 죽는다고요? 제주도에서…… 아니 왜요?"

"그, 그건, 나와 제주도로 여행을 갔다가…….'

"당신과 제주도에요? 어째서?"

"우리가 사귄 지 일 년이 되는 기념으로 오빠가 그곳에서 이벤트를 열기로 계획했거든."

"혹시 점술가세요? 미래의 일들을 막 보고 그러는 거예요?"

"그래, 일단은 그렇다고 해둬."

"그럼 혹시…… 제가 지난주에 본 시험에 합격하나요?"

"응, 회험동 주민센터에서 근무할 거야."

"이야호!"

그는 주먹을 불끈 쥐더니 갑자기 환한 표정으로 바뀌었다. 미래에 언제 어떻게 죽을지를 안 것보다 시험에 합격한다는 사실이 그를 더 기쁘게 만든 모양이다. 하지만 이내 그는 어깨를 축 늘어뜨리더니 풀 죽은 표정으로 변했다.

"아니에요. 작년에도 엄마 따라 들른 용한 점집에서 올해는 반드시 붙는다고 했는데 똑 떨어졌어요."

"아니야. 오빤 반드시 그렇게 될 거야."

나는 살며시 그의 손을 잡아주었다. 서로에게 따뜻한 온기가 전해졌다. 그러자 풀 죽었던 그의 표정에 다시 생기가 돌기 시작했다.

듀엣 공연

오빠는 슬쩍 이둔 테이블에 놓인 항아리 글라스를 바라보았다.

"당신도 사과주스를 시키셨네요. 혹시 이 사과주스에 붙인 이름의 뜻을 아세요? 뭔가 괴상한 이름이던데……."

"이둔이야. 북유럽 신화에 나오는 여신이래. 먹으면 결코 늙지 않는 청춘의 사과를 가꾸는 일을 한대."

"아, 그래서 그런 이름을 붙였구나! 그럼 이걸 마시면 우리도 늙지 않는 건가?"

오빠는 머리를 긁적이며 멋쩍게 웃었다. 고요했던 실내가 그의 웃음소리로 크게 울렸다. 오빠는 카운터의 웨이트리스와 눈이 마주치자 어색함을 감추지 못하고는 황급히 웃음을 멈추었다.

"당신 말대로라면 우리가 나중에…… 에, 그러니까 그렇고 그런 관계가 된다는 건데…… 실망하지 않으셨어요? 제가 딱히 잘생긴 얼굴도 아니고 변변한 직장이 있는 것도 아닌데……."

"아니, 오빠가 날 처음 만났을 때 나도 별 볼 일 없었는걸. 소속사에서 쫓겨난 만년 연습생이었는데 뭐."

"연예인이세요? 어디 기획사에요? 제가 웬만한 그룹들은 모두 꿰차고 있어서 기획사도 잘 알거든요."

"JES엔터테인먼트."

"그런 기획사는 못 들어봤는데?"

맞다. JES엔터테인먼트는 오빠가 사고로 죽고 나서야 만들어진 신생 기획사였다. 그의 시간대에서는 아직 없는 회사다.

"아니에요, 잘못 말했어요. 일룸 뮤직이에요. 원래는 내년에 데뷔하려고 그랬는데……."

그랬는데 느닷없이 퇴출 통보를 맞은 것이다.

"아, 보이스 엑스랑 레온. K 회사?"

나는 가볍게 고개를 끄덕였다.

"요새 거기 무지 어렵다던데. 레온. K는 다른 데로 이적하지 않았나, 보이스 엑스는 해체하고 난리던데."

그것 역시 맞는 말이었다. 회사가 그리 어려워졌기 때문에 대표는 나를 비롯한 여덟 명의 연습생을 한꺼번에 내쫓아버렸다. 그게 아니었다면 '유하'라는 예명 대신에 '큐리오'라는 여성 5인조 걸그룹으로 데뷔해서 다른 예명을 받고 활동했을 것이다. 가만, 그랬다면 선호오빠와는 만나지 못하는 거였나?

"가만, 그러고 보니까 당신 목소리 낯익어요. 혹시 작년에 발매한 레온. K 정규 2집에 참여하지 않았나요? 제목이……."

"따라가."

"맞아, '따라가' 여자 보컬 맞죠?"

나는 이번에도 가볍게 고개를 끄덕였다. 당시 소속사로부터 목소리를 인정받은 나는 다른 동료 연습생들을 제치고 선배인 레온. K의 앨범에 참여하는 영광을 누렸다. 하지만 앨범 재킷에는 본명 대신에 그저 'Sun'이라고만 기재해놓았다. 그래서 이후에 '따라가'의 피처링이 나인지 아는 사람은 거의 없었다. 나 또한 나를 쫓아낸 소속사의 앨범에 참여한 사실을 떠벌리고 싶지 않았다.

〈Leon. K 2nd〉

1. 너 때문에

2. Stay

3. 잘못된 운명 (feat. 소아)

4. 너라면

5. 따라가 (feat. sun)

6. Pleasure (feat. MC Free)

7. 어떤 연인

8. 그럴 거야?

Presented by Iloom Music

"괜찮으시다면 한 곡 불러주시겠어요? 그 곡 참 좋아하는데."

웨이트리스가 불쑥 끼어들어 이런 부탁을 했다. 참으로 난감

하기 짝이 없었다.

"레온. K 선배도 없고……."

"그 파트는 여기 계신 분이 불러주시면 되잖아요?"

오빠도 웨이트리스의 난데없는 부탁에 당황해하기는 마찬가
지였다. 하지만 나와 달리 노래를 거절하려고 하지는 않았다.

"반주도 없고 무대도 마땅치 않아서……."

하지만 카페에는 제작년도와 국적을 가늠하기 어려운 오래
된 그랜드피아노와 사람 키 높이의 스탠드마이크가 놓인 자그
마한 무대가 마련되어 있었다. 또한 어디서 구했는지 대리석
기둥에 매달린 스피커에서는 '따라가'의 MR이 흘러나오는 중
이었다.

"그럼 한번 불러볼까요?"

오빠는 무언의 눈짓으로 나를 카페의 간이 무대로 이끌었다.
지켜보는 관중은 웨이트리스뿐이었지만 우리의 공연은 그렇게
시작되었다.

따라가

(Boy)　　내 앞을 스쳐 지나간 긴 머리의 섹시한 아가씨

　　　　　내 심장을 단숨에 끓게 만들고

　　　　　내 머리를 단숨에 얼려버렸고

　　　　　내 다리는 단숨에 그녈 뒤쫓아

그대여, 오 제발 걸음을 멈추고

그대여, 오 제발 나를 바라봐

그대여, 오 제발 내 사랑 받아줘

(Girl) 오늘도 나를 따라오는 외로운 도시의 늑대

매끈한 각선미에 반한 것이고

찰랑이는 긴 머리에 반한 것이고

쫙 빠진 내 몸매에 반한 것이지

그대여, 오 제발 마음은 알지만

그대여, 오 제발 돌아서 떠나줘

그대여, 오 제발 식지 않는 내 인기

공연의 대가로 웨이트리스는 '미미르'라는 이름의 케이크와 '브라기'라고 불리는 차를 내주었다. 어느새 나와 합석한 오빠는 이것을 먹으며 자신에 대하여 이것저것을 늘어놓았다. 대부분 아는 것이었지만 식상해하지 않고 묵묵히 들어주었다.

"비가 그쳤나봐요. 보름달이 밤하늘에 환하게 떴어요."

웨이트리스는 브라기 차를 리필해주면서 바깥 날씨를 들려주었다.

"그래요? 그럼 이만 가봐야겠네요."

오빠는 자리에서 일어나 나갈 채비를 했다.

"자, 잠깐만."

나는 이대로 오빠와 헤어지기 싫었다. 나도 따라서 자리에서

일어나려고 했지만 허리에 보이지 않는 족쇄가 채워진 듯 꼼짝도 할 수가 없었다. 온화한 미소를 짓고 있던 웨이트리스가 갑자기 나를 보며 무거운 표정을 짓고는 가볍게 고개를 가로저었다.

"만나서 즐거웠어요. 오늘 당신이 해준 얘기가 모두 사실이었으면 좋겠네요. 아, 물론 마지막의 교통사고는 빼고……."

"오, 오빠……."

"다음 달이 합격자 발표일이에요. 괜찮으면 그때 여기서 다시 만날래요? 당신 말이 맞으면 제가 거하게 한턱 쏠게요. 대신 틀리면 당신이 쏘세요."

나는 이대로 오빠를 떠나보내야 한다는 걸 깨달았다. 오빠가 이렇게 떠나야 다음 달에 다시 만나는 인연이 시작되는 것이다. 나는 울음을 참고 겨우 대답했다.

"그래."

"약속했어요. 그때는 말 놓을게요."

오빠는 빙긋이 미소를 지어 보이고는 등을 보이며 문밖으로 사라졌다. 문에 달린 종소리가 잠시 시끄럽게 울었다. 오빠가 완전히 사라지고 나서야 나는 자리에서 일어날 수 있었다. 그제야 웨이트리스의 표정이 다시 환해졌다.

"여기는 어디죠? 대체 무슨 일이 일어나는 건가요?"

"여기는 손님의 아름다웠던 과거와 밝은 미래만을 볼 수 있기를 염원하는 카페 아스가르드랍니다."

그녀는 그렇게 말하고 다시 카운터로 돌아갔다.

"그럼 오빠를 또 볼 수 있을까요?"

아무런 대답이 없었다.

잠시 뒤, 나도 아스가르드를 빠져나왔다. 텅 빈 정류장 앞으로 익숙한 외관의 밴이 다급하게 정차했다. 거기서 잔뜩 화가 난 매니저 오빠가 내렸다.

"너 대체 뭐 하는 짓이야?"

"오빠, 나 누구야? 혹시 유하야?"

매니저 오빠는 나한테 화를 쏟아내려다가 엉뚱한 질문을 받고 황당해하며 반문했다.

"그럼 유하지, 뭐냐?"

"혹시 나…… 지금 사귀는 사람 있어?"

"뭐? 미쳤냐? 사장님이 알면 길길이 날뛰려고. 너 혹시…… 남자 때문에 이러는 거야?"

나는 자리에 털썩 주저앉아 울음을 터뜨렸다. 결국 내가 알고 있는 역사는 전혀 달라지지 않았다.

또 한 번의 타임슬립을 기대하며

한 달 후, 다시 카페 아스가르드를 찾았다. 사 년 동안 변함이 없었는데 고작 한 달이 지났다고 달라졌을 리 없는 카페였다. 그곳에서 또 한 번의 타임슬립을 기대하며 선호오빠를 다시 만나기를 염원했다.

웨이트리스는 주문도 하지 않았는데 이든 애플주스를 내려놓았다. 뭐, 어차피 이걸 시켰을 테니까 묻지 않고 내놓았다고 기분이 나쁘거나 하지는 않았다. 그녀는 곱게 접힌 쪽지를 꺼내서 내게 건넸다.

순간 이것이 과거의 오빠가 보낸 것임을 직감했다. 나는 떨리는 손으로 말없이 쪽지를 펴 보았다.

'무대를 바라봐줄래?'

나는 곧장 무대로 시선을 돌렸다. 그러자 무대를 가렸던 자줏빛 커튼이 젖혀지면서 기타를 둘러멘 그가 환한 미소를 띠며 스탠드마이크 앞에 서 있었다.

"우리가 만났던 일 년을 진심으로 축하해."

이 말과 함께 그는 기타를 연주하며 감미로운 목소리로 노래를 들려주었다. 이적 선배님의 곡 〈다행이다〉였다.

눈물이 흘렀다. 바람대로 그가 아직 살아 있는 시간으로 돌아왔다. 그가 천천히 내 앞으로 걸어왔다.

"예전에 네가 그랬잖아. 내가 네가 보는 앞에서 오늘 죽을 거라고. 제주도에서."

나는 말없이 고개를 끄덕였다.

"지금껏 네가 한 말이 모두 맞았으니 그럼 피해야 되는 게 맞는데……."

그러면서 그는 비행기 티켓 두 장을 내게 보였다. 행선지는 제주도였다.

"피하지 말고 한번 맞서보기로 결심했어. 그러니까…… 도와줄 거지?"

그는 내게 티켓을 건넸다. 나는 그것을 받고 또 한 번 말없이 고개를 끄덕였다. 그리고 오빠의 따스한 손을 잡아주었다.

"저 문을 나가고 다시 이곳에 들렀을 때는 모든 게 달라져 있을지 몰라요."

웨이트리스가 카운터 쪽 벽면에 걸린 액자를 가리키며 말했다. 그 액자에는 지난달 내가 이든 애플주스 값으로 대신 치른 서명이 담겨 있었다.

"여기서는 아름다웠던 과거와 밝은 미래만을 볼 수 있기를."

이 말을 건네고 나는 오빠의 손에 이끌려 문밖을 나섰다. 웨이트리스가 낮게 중얼거리는 목소리가 귓가에 닿았다.

"두 분의 사랑, 이 애플주스처럼 언제나 싱그럽기를."

따사로운 봄 햇살이 무척이나 눈부셨다.

연습생

2012년 4월

우리가 처음 만난 순간

아직 쌀쌀한 봄날이었다. 왕십리에서 회현동으로 넘어가는 도로에서 나는 소나기를 만났다. 주위를 둘러봐도 비를 피할 곳이 마땅치 않았다. 이때 평범한 프랜차이즈 커피전문점과는 분위기가 다른 카페가 눈에 들어왔다. 카페 이름은 아스가르드였다. 나는 황급히 그곳으로 몸을 피했다.

하늘색 유니폼을 입은 예쁜 미소의 웨이트리스가 내게 다가왔다.

"아스가르드에 오신 걸 환영합니다. 여기서는 손님의 아름다웠던 과거와 밝은 미래만을 볼 수 있기를. 무엇을 드릴까요?"

"그게, 지나가다가 비를 만나서 이곳으로 피했거든요. 그냥 싼 걸로 주세요."

"애플주스가 가장 싼데 그걸로 드릴까요?"

나는 말없이 고개를 끄덕였다. 잠시 후 그녀는 주스가 담긴 항아리 글라스를 내려놓았다. 글라스를 입으로 가져간 뒤 가볍게 마셔보았다. 얼떨결에 고른 메뉴였지만 상큼하고 달달한 맛과 향이 무척 마음에 들었다.

"근데 이 주스에 붙은 이름은 무슨 뜻이에요?"

"북유럽 신화에 나오는 여신이에요. 먹으면 결코 늙지 않는 청춘의 사과를 가꾸는 일을 하지요. 저희 카페는 모든 메뉴 앞에 신화에 등장하는 신이나 동물의 이름을 붙인답니다."

웨이트리스는 친절하게 답해주었다. 나는 주스를 몽땅 비운 후에 한참을 테이블에 엎드려 울었다. 희망은 무너졌다.

이렇게 하염없이 울고 있을 때에 누군가가 내 어깨를 토닥거렸다.

"울지 마. 우는 모습 보기 흉하니까."

그는 대뜸 내게 반말을 하면서 자연스럽게 옆자리에 앉았다.

"누구세요?"

나는 손바닥으로 아무렇게나 눈가의 눈물을 닦으며 물었다.

"어, 벌써 까먹은 거야? 지난달에 여기서 만났잖아. 한 달 뒤에 다시 만나기로 약속해놓고는."

"저랑요? 당신을 처음 보는데요. 여기도 처음이고……."

"에이, 무슨 소리야? 지난번이랑 분위기가 많이 달라도 너 맞는걸."

"절 아세요?"

"글쎄, 저번에 처음 봐서. 그보다 네 말 모두 사실이었어. 나 시험에 합격했어! 짜잔!"

그는 가방 안에서 공무원 시험 합격증을 꺼내 내게 흔들어 보였다. 그러고는 약속을 지키겠다며 무작정 나를 끌고 나가서는 근처 왕십리의 괜찮은 맛집과 술집으로 안내했다.

"정말 지난달에 절 만나신 거 맞죠?"

그가 지난달에 카페 아스가르드에서 만났다는 여자는 어쩌면 나와 생김새가 비슷한 다른 여자였을 게 분명하다. 하지만 지금은 그의 이런 오해와 착각이 좋았다. 오늘 처음 보았지만 부드러운 손길과 자상한 미소로 옆에서 나를 챙겨주는 그가 좋았다. 그는 내 넋두리를 모두 들어주었고 격려의 말을 건네주었으며 맛있는 술과 음식으로 아픈 마음을 달래주었다. 첫눈에 누군가에게 반한다는 말이 아마 이를 두고 하는 말인가보다.

나는 그가 끝까지 나를 지난달의 그녀로 잘못 알아주기를 바랐다. 다행히 그는 끝까지 나를 그녀로 착각해주었다.

세 번째 메뉴

브라기 티
(Bragi Tea)

'브라기'는 북유럽 신화의 주신 오딘의 아들로 아버지로부터 현명함과 뛰어난 웅변술, 시예의 능력을 물려받았다. 특히 시를 쓰고 노래를 부르는 솜씨는 오딘을 훨씬 능가한다. 그의 이름을 따서 시를 '브라기의 숨', 시인을 '브라기의 사람'이라고 불렀다.

9세기의 노르웨이에 '브라기 보다손'이라는 시인이 등장하여 화려한 궁정시 '스칼드'의 시조가 되었다. 학자들은 이 시인을 신격화한 것이 브라기라고 주장하기도 한다.

그의 이름이 붙은 이 차를 마시면 나도 시를 좀 잘 쓸 수 있을까?

대학생

2013년 6월

기다리며

평소 같으면 신당역에서 하차한 뒤 6호선으로 갈아타야 하는
게 맞다. 하지만 오늘의 이동경로는 조금 다르다. 두 정거장을 더
지나쳐 왕십리역에 내린 후 역사 앞에서 577번 버스로 환승해서
회험동으로 이어지는 도로 중간쯤에 위치한 정류장에서 하차한
다. 그곳 뒤편에 자리하고 있는 카페에 방문하기 위해서이다.

그곳에서 한가로이 차를 마시며 친구들과 수다를 떨거나 남
자친구와 오붓한 시간을 가지는 거면 좋으련만, 불행히도 아니
다. 선뜻 들어가기 겁이 날 정도로 휘황찬란한 분위기를 자랑하
는 카페에 용기 있게 들어서니 과거 유럽을 풍미했던 귀족들의
자제나 부인들이 드나들었을 법한 압도적인 실내장식이 또 한
번 기를 죽인다.

재빨리 아무 테이블에나 앉은 뒤 주위를 두리번거리며 만나

고자 하는 이가 자리했는지를 살펴본다. 불행히 그는 아직 이곳에 오지 않았다. 늦게라도 나타나준다면 그나마 다행이지만 아예 오지 않는다면 아르바이트 근무도 빼고 온 터라 낭패가 아닐 수 없다. 예쁜 웨이트리스가 다가온다.

"아스가르드에 오신 걸 환영합니다. 여기서는 손님의 아름다웠던 과거와 밝은 미래만을 볼 수 있기를. 무엇을 드릴까요?"

그녀가 건네주는 메뉴판을 보았지만 도무지 알 수 없는 메뉴들로 가득하다. 아무거나 달라고 말하고는 돌려보낸다. 그러자 잠시 뒤에 그녀는 도자기 찻잔을 테이블에 살며시 내려놓는다.

"손님이 자리하신 테이블과 동명의 메뉴를 준비해보았습니다. 브라기 티입니다."

그녀의 말대로 테이블 왼쪽 구석에 'Bragi'라는 글자가 음각으로 새겨져 있다. 앤티크한 분위기를 풍기는 플라워프린트로 장식된 찻잔을 조심히 들어 차를 마셔본다. 베르가모트 향료의 감칠맛 나는 특유의 향이 맛을 더해준다.

그가 나타나기를 기다리며 소일거리로 시간을 보낸다. 일단 내가 자리 잡은 테이블과 마시는 차의 이름이기도 한 브라기의 정체부터 파악한다. 스마트폰을 꺼내 손끝으로 가볍게 몇 번 터치하자 이내 검색 사이트에서 정체를 알려준다. 북유럽 신화에 등장하는 시가와 웅변의 신, 브라기…….

다음으로 각 테이블마다 비치된 노트를 들여다본다. 대개 먼저 이곳을 다녀간 손님들의 방문 소감이나 동행한 이와 한 약속과 다짐 등이 깨알같이 적혀 있다. 시간 가는 줄 모르고 이를 엿보는 재미에 빠진 나는 카운터 바로 맞은편에 위치한 책장에 지난날의 방명록이 잔뜩 꽂혀 있음을 파악하고는 그곳에 있는 것마저 몽땅 들여다본다. 선반 맨 위쪽에 놓인 '2006년 3월'이라는 제목이 붙은 파란색 노트에는 사랑하는 사람을 떠나야 하는 이의 아픔을 담은 가사가 적혀 있다.

읽으며

방명록을 훑어보며 한두 시간을 보냈음에도 불구하고 그는 여전히 나타나지 않는다. 그가 언제 카페에 모습을 드러내는지 정확한 정보를 얻어냈어야 했다. 아니다. 그가 이곳에 자주 출몰한다는 정보를 얻은 것만으로도 다른 경쟁자보다 우위에 설 수 있는 커다란 무기를 갖고 있는 셈이다.

내가 이토록 기다리는 이는 이번 학기에 수강한 '글쓰기의 재미'를 담당한 강사다. 그의 강의에서 'B⁰'를 받아 입학하면서 지금까지 올 'A⁺'라는 학점 신화에 흠집을 냈다. 단지 그뿐이라면 그를 찾아가 학점을 올려달라고 사정하는 계획 따위는 결코 짜지 않았을 것이다. 이 학점 때문에 이번 학기 과 수석을 빼앗길 것 같은 위기감이 들었기 때문이다. 과 수석을 놓친다는 건 준비해야 할 다음 학기 등록금 부담이 커진다는 것을 의미한다. 지금 하고 있는 아르바이트 월급만으로는 생활비를 감당하기에도 매우 벅차다.

　이제 무얼 하며 시간을 보내나 고민을 하던 찰나 벽난로 옆에 붉은 벽돌로 만들어놓은 책꽂이에 주목한다. 애덤 스미스의 『국부론』, 카를 마르크스의 『공산당 선언』 등과 같은 원서나 어니스트 헤밍웨이의 『누구를 위하여 종은 울리나』, 표도르 도스토옙스키의 『죄와 벌』 등과 같은 고전이 압도적으로 많았지만 매달 발행되는 시사, 영화, 패션 잡지들도 비치되어 있다.

　이번 달 잡지를 죄다 꺼내 와 테이블에 올려놓고는 찬찬히 읽어내려간다. 단숨에 입어보고 싶은 옷, 가보고 싶은 여행지, 먹고 싶은 음식, 관람하고 싶은 영화들이 주르륵 쏟아져 나온다. 하지만 이를 모두 소화하기에는 주머니와 마음이 너무 빈약하다. 이를 누릴 수 없다는 쓸쓸함이 밀려올 때쯤 어느 남성 잡지의 코너 기사에 눈길을 멈춘다.

[Homme Korea 2016년 6월호] Lifestyle-Taste

서울 도심에서 19세기 유럽의 카페하우스를 만끽하다: 「Cafe Asgard」

위치	왕십리와 회현동을 연결하는 4차선 도로 중간 지점
교통편	142, 577, 612번 버스를 타고 '조은은행 왕십리 지점' 정류장에서 하차
영업시간	24시간 OPEN
메뉴	[음료]　커피(노르넨), 차(브라기), 사과주스(이둔)
	[디저트]　베이글(프레이야), 케이크(미미르), 와플(울르)
	[주류]　맥주(토르), 칵테일(무닌)

천편일률적인 실내 디자인과 메뉴의 카페를 벗어나 좀더 색다르고 기억이 남는 곳에서 연인과의 데이트를 꿈꾸신다면 '카페 아스가르드(Cafe Asgard)'를 적극 추천한다. '고시의 동네'로 유명한 회험동으로 가는 길목에 자리한 이곳은 음료와 디저트, 주류를 동시에 즐길 수 있는 고급 커피 하우스이다.

입구에 들어서 튤립과 해바라기로 둘러싸인 정원을 지나면 마치 19세기 유럽의 어느 번화가에서나 봄직한 로코코 양식의 기둥과 돔으로 이루어진 하얀색 2층 목조 건물이 웅장한 자태로 방문객을 맞이한다. 2층 발코니 아래에 달린 간판과 그 옆에 우뚝 솟은 가스등은 이곳의 운치를 한껏 더해 준다. 매일 그날의 특별 메뉴나 카페의 소식을 전달하는 녹색 칠판을 지고 있는 이젤을 지나 황갈색 문을 열고 실내로 들어서면 외관과 마찬가지로 지극히 19세기적인 인테리어를 감상할 수 있다. 저마다 다른 이름들이 왼쪽 구석에 음각으로 새겨진 고풍스러운 테이블을 비롯하여 북유럽 신화의 신들이 그려진 프레스코화, 이국적인 무늬의 커튼과 카펫, 고급 원두커피 박스 케이스를 진열한 쇼윈도와 카운터, 천장에 달린 호화로운 샹들리에 등은 절대 다른 카페에서는 보지 못할 눈요깃거리이다.

이 카페는 특이하게 모든 메뉴에 북유럽 신화에 등장하는 신들의 이름을 붙인다. 음료, 디저트, 주류까지 다양하게 판매하며 연중무휴로 24시간 운영한다. 지난해 프로야구 홈런왕 타이틀을 수상한 최성혁 선수의 단골 메뉴인 거품 없는 맥주, 아이돌 유하가 사랑하는 사과주스, 이번 그녀의 싱글을 담당한 강태호 작곡가가 즐겨 마시는 신맛이 특색인 커피, 작년 대종상 영화제 신인감독상 수상의 조재덕 감독의 애주 칵테일 무닌, 11주

연속 베스트셀러 순위에 이름을 올린 강훈 소설가가 자주 먹는 와플 등이 카페 아스가르드가 자랑하는 메뉴이다.

작성 김혜연(칼럼니스트)

Hyeyeon17××@naver.com

기사는 지금 내가 자리한 카페를 소개한다. 이곳이 낯설고 궁금했던 터라 단숨에 기사를 읽어나간다. 그런데 기사에서 이상한 점을 발견한다. 많은 유명인이 이곳을 애용한다고 설명해놓았는데 나는 도무지 모르는 사람들뿐이다. 지난 시즌 홈런왕은 최성혁 선수가 아니라 미라클스 팀에서 뛰고 있는 쿠바 용병 바예스이다.

이상한 점은 또 발견된다. 잡지의 발행일이 지금으로부터 삼 년 뒤다. 이건 단순히 오타로 치부하고 넘어가더라도 더 이상한 점은 이 기사를 작성한 이가 나와 이름이 같다는 사실이다. 물론 이 조그만 땅덩어리에서도 동명이인이 한둘은 아닐 테니 칼럼니스트로 활동하는 김혜연도 존재할 수 있다. 하지만 성의 없이 영문 이름에다 학번 네 자리를 붙여 만든 이메일 주소까지 같을 수 있나.

대화하며

잠시 화장실에 다녀오니 언제 왔는지 내가 그토록 기다렸던 강사가 맞은편 테이블에서 말끔한 양복 차림의 중년 샐러리맨과 대화를 나누고 있다. 그들의 대화가 끝날 때를 기다려 나는 크게 심호흡을 한 다음 그에게로 다가간다.

"안녕하십니까, 선생님!"

대뜸 고개를 숙여 그에게 인사를 건넨다. 그는 의외로 차분하고 덤덤하게 인사를 받는다.

"누구신지……?"

"이번 학기에 선생님의 강의를 들었던 학생입니다."

그는 고개를 갸우뚱거리며 나를 빤히 바라본다.

"올해는 출강을 나간 적이 없는데. 어느 학교 학생이죠?"

순간 사람을 잘못 본 게 아닌가 하는 의구심이 머릿속을 맴돈다. 하지만 헝클어진 머리하며 양 볼에 아직 사라지지 않고 남은 여드름 자국, 무더운 날씨에도 즐겨 입는 푸른색 폴라 티셔츠까지 영락없이 수강생들 사이에서 재미없고 과제 많기로 악명 높은 그 강사가 맞다. 고작 스물두 명밖에 듣지 않은 강의의 수강생도 모르냐고 따지고 싶었지만 나는 을이고 그는 갑이기에 꾹 참고 묻는 말에 대답한다.

"명성대학교 기계전자공학부 10학번 김혜연입니다."

그러자 그는 이내 무릎을 치며 나를 보고는 빙긋 웃는다. 연유를 알지 못하기에 그의 웃음에서 묘한 불쾌함을 느낀다.

"아, 오딘께서 또 심술궂은 장난을 치셨지."

알 수 없는 말을 늘어놓으며 그는 손짓으로 앉을 것을 권한다. 일단 나를 내치지 않는 것만으로도 반쯤 성공한 것이라 여기고 속으로 쾌재를 부르며 황급히 자리에 앉는다.

"그래, 저를 찾은 이유가 뭔가요?"

나는 기어들어가는 목소리로 어렵게 이곳을 찾은 목적을 밝힌다.

"저기, 그게, 다름이 아니라, 제가 이번에 학점을, B^0를 받았는데요. 좀 올려주시면 안 될까요?"

"B^0도 나름 높은 점수 아닌가요?"

"그렇긴 한데, 다음 학기 장학금이 걸려 있는 문제라서……."

그는 여전히 웃는 얼굴로 말없이 나를 바라본다. 엄한 얼굴로 이런 부정한 부탁을 하면 안 된다든지 공정한 경쟁을 위반한다는 등의 훈계를 늘어놓거나 당장에 쫓아냈더라면 이에 대응하는 대책을 세워놓았기에 충분히 대처할 수 있다. 하지만 무척이나 답답할 정도로 태연하게 침묵을 지켰을 때의 대책은 마련해놓지 않았다. 그러니 지금으로서는 그저 어떠한 대답을 하실지 잠자코 지켜보는 수밖에 도리가 없다.

예전에도 이리 비굴한 적이 있었는지 가만히 떠올려본다. 그냥 자리를 박차고 나가고 싶은 마음이 굴뚝같으나 그러기엔 오늘 낭비한 시간과 돈이 너무나 크다.

"학생을 보니 예전에 제가 떠오르네요. 저도 예전에 장학금 받겠다고 학생처럼 아등바등 학점에 목을 맸는데. 교수님 찾아다니며 아부도 떨고……."

그의 과거가 나에 대한 동정심을 유발한 것 같아 다행이라는 생각이 든다. 좀더 구슬리면 어렵지 않게 목적을 달성할 것 같은 기분 좋은 예감이 든다.

"당시 제가 내주었던 평가 과제가 무엇이었나요?"

종강한 지 고작 이 주가 지났을 뿐인데 무슨 과제를 내주었는지 모르는 그의 기억력이 한심스럽기만 하다. 하지만 목적을 달성하기 전까지 나는 을의 자세를 고수해야 한다.

"자신의 처지나 심정이 담긴 시를 적어내라고 하셨어요."

"아, 맞아요. 그랬죠."

"유치해 보이셨겠지만 나름 최선을 다해 쓴 시입니다. 그 점 십분 이해해주시면 고맙겠습니다."

이번에도 그는 말없이 나만 바라본다. 그러니까 글쎄 YES예요, NO예요?

쓰며

"그럼 과제를 다시 제출하시면 어떨까요?"

한참 만에 입을 연 그는 'YES or NO'라는 두 가지 선택에서 벗어난 말을 한다. 나를 당황시킨다.

"시간 줄 테니 시를 다시 써서 제출하세요."

감사에 걸리지 않으려면 학점을 변경할 수 있는 근거 자료가 있어야 한다는 그의 설명에 나는 뭐라 대꾸하지 못한다. 하는 수 없이 자리로 돌아와 시를 적어내기 위해 들고 온 개나리색 노트를 펼친다. 지난번에도 일주일을 꼬박 밤샌 끝에야 겨우 작성한 것이었다. 이 강의를 선택한 것을 뼛속 깊이 후회하면서. 이제 막 험난하고 길었던 기말고사 여정을 마치고 머리가 굳어버린 나로서는 시는커녕 유치한 노래 가사 한 줄도 작성할 수 없음이 분명하다.

새하얀 노트에다 감히 시라고 부르기엔 면목이 없는 낙서를 몇 줄 끄적거리며 다른 대책을 고민해본다. 이러는 동안에도 그는 마치 나를 만난 적이 없다는 듯 내게 시선을 주지 않고 와플에 우유를 곁들여 먹으며 노트북에 무언가를 열심히 타이핑 한다. 그에게 웨이트리스가 책과 펜을 들고 다가간다.

"강훈 작가님, 사인 좀 해주세요. 서가에 비치해놓았는데 작가님 사인이 있으면 더 좋을 것 같아서요."

"진작 말씀하셨으면 그냥 한 권 드렸을 텐데."

강훈 작가? 어디선가 들어본 이름이다. 그렇다. 방금 전 발행일이 잘못 기재된 나와 동명이인의 칼럼니스트가 작성한 기사에 등장했던 소설가다. 지금은 그래도 옷차림하며 실내에 흐르는 클래식 음악을 감상하며 노트북으로 타이핑 하는 모습이 그럭저럭 소설가 같지만 지난 열다섯 번의 강의 시간에 보았던 그는 후줄근한 티가 역력한 고학력 백수였다.

그런데 예상과 달리 사인 요청까지 받는 유명한 사람이라니? 이럴 줄 알았으면 나도 그의 책을 한 권 사서 사인 요청을 하면서 넌지시 학점을 올려달라고 부탁할걸.

그는 익숙하다는 듯 단숨에 사인을 휘갈기고는 그녀가 건넨 책을 다시 돌려준다. '11주 연속 베스트셀러에 랭크된 화제의 소설'이라고 적힌 띠지가 눈에 들어온다. 소설의 제목은 '올웨이스 편의점의 야간 파트타이머'였다.

나는 그에게 어렵사리 쥐어짠 시를 보여준다. 그는 찬찬히 읽어본 뒤 옅은 미소를 띠며 말한다.

"공대생치고는 나름 괜찮은 시네요. 몇몇 구절만 고치면 더 좋을 것 같은데."

나름 칭찬해주는 소리에 기분은 고조되었으나 그는 끝내 내가 원하던 말을 들려주지 않는다. 좋아요, 학점을 올려주죠.

받으며

"좀더 시간을 줄 테니 고쳐보세요. 그럼 한결 가치도 의미도 있는 시로 거듭나겠네요."

이 정도 성의를 보였으면 정성이 기특하여 그냥 학점을 올려줄 법도 하건만 수정을 요구하는 그가 점점 미워지기 시작한다. 내게 있어 이 시가 가치와 의미가 있으려면 학점이 올라야 한다. 그때까지는 아무런 쓸모도 없는 낙서에 불과하다.

자포자기한 심정으로 다시 개나리색 노트를 펼친다. 하지만 이제는 시를 고치기보다는 스마트폰으로 딴짓을 하는 데 열중

한다. 여러 검색 사이트를 돌아다니며 오늘의 뉴스를 확인하고
는 습관처럼 내게 온 메일은 없는지 살펴본다. 오 분 전에 누군
가가 보낸 메일이 도착했음을 알려준다. 공교롭게도 그 메일은
'내게 쓴 메일함'에 들어 있다. 어, 어떻게 된 거지?

메일의 발신인은 칼럼니스트 김혜연이다. 메일 제목은 '내가
읽는 소설 속의 주인공은'이다. 제목에서 느껴지는 묘한 분위기
에 이끌려 서둘러 메일을 열어본다.

내가 읽는 소설 속의 주인공들은

명성대 기계전자공학부 20102117×× 김혜연

내가 읽는 소설 속의 주인공들은
한결같이
스프레드시트 감옥에 갇혀
토익 기출문제 문장을 나불거리며
공무원 시험 교재를 들여다보고 있다

나는
그만 책을 덮고
그처럼 행동한다

오늘도
주인공의 사랑 이야기는
듣지 못하였다

내가 읽는 소설 속 주인공은
한결같이
스프레드시트 감옥에 갇혀
토익 기출문제 문장을 나불거리며
공무원 시험 교재를 들여다보는
나를 보고 있다

몇몇 구절에서 다소 차이를 보이지만 이를 제외하면 내 개나리색 노트에 끄적거린 시와 완전 판박이다. 이 늦은 시각에 동명이인의 칼럼니스트가 내게 메일을 보낸 까닭은 무엇일까? 그녀는 어떻게 해서 내가 방금 전에 완성한 시를 이리 완벽하게 알아냈을까? 혹시 그녀가 CCTV로 날 엿보고 있을지도 모른다는 생각이 들어 갑자기 자리에 벌떡 일어서서 주위를 두리번거린다. 대체 칼럼니스트 김혜연의 정체는 누구란 말인가?

하지만 그녀가 보내준 시는 노트에 끄적거린 시에 비해 한층 문장이 매끄러운 데다 비유와 상징도 정교하다. 김혜연의 정체를 밝히는 일도 중요하지만 일단은 그가 만족할 만한 시를 내놓고 학점을 올려 받아 집으로 돌아가는 것이 급선무이다. 황급히 메일에 적힌 시를 참고해 노트에 다시 적는다. 퇴고한 시를 본 그의 표정이 아까보다 한결 밝아진다.

"음, 한층 좋아졌군요."

"그럼, 이제 올려주시는 건가요?"

"대체 과제를 제출하셨으니 마땅히 그래야지요."

나는 마지막까지 연신 고맙다는 인사를 건네는 을의 자세를 잊지 않는다.

그는 웨이트리스에게 펜과 종이를 부탁하더니 빠른 손놀림으로 무언가를 적고는 고이 접은 종이를 다시 그녀에게 준다.

"이걸 그 친구에게 건네줬으면 하는데…… 과연 받을 수 있을지."

"여긴 아스가르드잖아요. 전달해드리도록 하겠습니다."

"그렇군요. 오늘 고생한 이 학생을 봐서라도 부탁드립니다. 그리고……."

그는 나지막이 무언가를 더 중얼거린다. 웨이트리스는 환한 웃음으로 대신 답을 한다.

그는 주섬주섬 들고 온 낡은 가방에 노트북을 집어넣은 뒤 내 개나리색 노트를 한번 흘겨보고는 자리에서 일어선다.

"장래희망을 글 쓰는 직업으로 가져보는 건 어때요? 예를 들어 칼럼니스트라든지……."

그는 이 말을 툭 내뱉고는 그대로 황갈색 문을 열고 밖으로 사라진다. 그의 마지막 말이 날카로운 못처럼 머리에 박혀 떠나질 않는다. 칼럼니스트 김혜연이라…….

어찌 되었든 소기의 목적을 달성하여 기분이 좋아진 나는 카페 바로 앞에 자리한 정류장에서 버스에 몸을 싣는다. 오늘은 일단 너무 피곤하다. 내게 메일을 보낸 칼럼니스트 김혜연의 정체는 다음에 밝히기로 한다.

칼럼니스트

2016년 6월

보내며

다음 달 영화잡지에 실을 원고 작성을 끝마치고는 기분 좋은 기지개를 편다. 그제야 동기가 며칠 전 보낸 청첩장을 들여다본다. 굴지의 모 전자회사에 다니고 있는 재원으로 회사에서 만난 동료 직원과 다음 주 토요일에 결혼식을 올린다.

갑자기 이런 상상을 해본다. 나도 전공을 살려 무난하게 졸업하고 취직했더라면 어찌 되었을까? 빛나는 사원증을 목에 걸고 밤낮 구분 없이 일하면서 그럭저럭 먹고살 만한 연봉을 받는 평범한 샐러리맨이 되었을까? 그러다 남자 동료들 중에 괜찮은 사람이 프러포즈 하면 그와 결혼하여 가정을 꾸리는 가정주부?

느닷없이 삼 년 전 이맘때 칼럼니스트가 되겠다는 생각을 갖지 않았더라면 상상과 유사한 길을 걸었을 것이다. 하지만 삼 년 전 내게 이메일을 보낸 칼럼니스트의 정체를 깨닫고 나니 도무지 그럴 수 없었다. 정해진 운명을 거스를 수 없다는 막중한 책임감 때문만은 아니었다.

9시가 머지않았음을 벽시계에서 확인한다. 부리나케 네이버로 들어간다. 왕십리와 회현동 중간에 자리한 신비로운 카페, 아스가르드에서는 지금쯤 나와 동명이인인 여대생이 이번 학기 '글쓰기의 재미' 강의 담당 강사에게, 아니 11주 연속 베스트셀러에 이름을 올린 유명 소설가에게 한창 곤욕을 치르는 중일 것이다. 같은 김혜연끼리 모르는 척할 수 없어 살짝 도와주기로 결심한다.

그녀에게 메일을 보낸다.

네 번째 메뉴

울르 와플

(Ullr Waffle)

'울르'는 여신 스카디의 남편이다. 원래 스카디는 뇨르드와 결혼했으나 그녀는 북풍과 눈과 얼음, 그리고 이리 떼의 울부짖음으로 가득 찬 산악 출신이었고, 남편 뇨르드는 바닷가 출신이었기 때문에 둘의 성격은 잘 맞지 않았다.

그래서 결국 둘은 헤어지고 한동안 스카디는 혼자서 외롭게 지내야 했다. 그녀는 쓸쓸함을 견딜 수 없어 울르와 재혼했는데 다행히 그는 아내의 출신을 이해하고 좋아했기에 둘은 오랫동안 부부로서 화목하게 살았다.

그래. 역시 신이나 인간이나 파트너는 중요한 거야. 나는 울르라 불리는 넓적한 반달 모양의 와플을 먹으며 이런 생각에 잠겼다.

시간강사

2013년 6월

오전 10시 15분

아스가르드의 아침은 와플과 베이글이 구워지면서 만들어내는 군침 도는 냄새로 시작한다. 나는 그중에서 달달한 꿀맛을 내는 와플을 항상 선택한다. 와플의 이름은 울르이다. 북유럽 신화에 나오는, 활과 스키의 신이다.

울르 와플을 고른 이유는 맛과 취향이라기보다는 가격 때문이다. 와플과 함께 제공되는 우유까지 포함하여 고작 3,500원. 나같이 가난한 무명작가와 시간강사에게는 아침 한 끼를 저렴하게 해결할 수 있는 고마운 메뉴이다.

와플과 우유을 주문하고 내가 즐겨 앉는 테이블로 가서 앉는다. 그리고 가방에서 노트북을 꺼내고는 전원을 켠다. 부팅이 완료되길 기다리며 카페에 들어오기 전에 보도에서 받았던 무가지 신문을 펼친다. 어느새 웨이트리스가 다가와 와플과 우유가 담긴 도자기 쟁반을 내려놓는다.

1면은 빅토리스 프로야구팀의 기사회생 기사이다. 한때 아무도 인수하려 들지 않아 해체 위기에 몰렸던 빅토리스 팀이 지난밤에 재계 4위의 JU그룹이 전격 인수하기로 결정함에 따라 내년에 다시 시즌에 참여한다는 소식을 전한다. 다만 팀 이름은 슈퍼키즈로 바뀐다고 했다. 이외에는 별로 특별할 것도 없는 단신들이 뒷장을 차례로 메운다. 그랬기에 오랜만에 스포츠 기사가 떡하니 1면을 차지한 것이다.

부팅이 완료되자 이메일을 확인한다. 다들 지난주에 종강한 '글쓰기의 재미' 강의를 들었던 수강생들이 보낸 학점을 올려달라는 사정의 글이다. 구구절절한 사연을 늘어놓았지만 재고의 가치가 없는지라 하나도 답장을 보내지 않는다.

"강훈 소설가께서 이걸 전해달라고 하셨습니다."

조용히 다가온 웨이트리스는 작은 쪽지를 건네고는 다시 카운터로 돌아갔다. 나는 그녀가 건넨 쪽지를 유심히 읽어본다.

"미안하지만 김혜연 학생의 학점은 A^0로 올려줘. 어제 나한테 글쓰기 과제를 다시 제출하고 갔어. 삼 년 뒤에 확인할 수 있을 테니까 그리 알고."

날카롭게 휘갈겨 쓴 글씨체가 나와 영락없이 똑같다. 나는 긴 한숨과 함께 웨이트리스를 향해 외친다.

"이 친구 언제 왔습니까?"

"어제요."

"한동안 잠잠했잖아요. 왜 또 갑자기 오딘께서 이런 짓궂은 장난을 치시는 겁니까?"

"글쎄요."

웨이트리스는 짤막하게 대답하고는 비품창고라고 적힌 방으로 사라진다. 이 친구의 부탁이니 안 들어줄 수가 없다. 그의 충고 덕분에 여태까지 내가 좋아하는 소설을 쓰면서 그럭저럭 살아가고 있으니까. 또한 그를 통해 내 미래에 대한 희망과 확신을 가지게 되었으니까.

그나저나 다음 달 말에 마감인 중편소설 공모전에는 어떤 작품을 써서 보내나?

"아 참, 제가 깜빡했는데 쪽지 뒤도 살펴보시래요."

창고 안에서 웨이트리스의 목소리가 전해진다. 아닌 게 아니라 쪽지 뒤에도 무언가가 깨알같이 적혀 있다.

'네가 지금 고민하는 소설의 제목은 〈올웨이스 편의점의 야간 파트타이머〉야.'

편의점 파트타이머

2011년 6월

밤 9시 57분

이 아저씨만은 아니길 바랐다.

터키의 보스포루스 해협과 돌마바흐체 궁전을 바라보며 비잔틴제국과 오스만튀르크의 영광스러운 역사를 눈으로 직접 확인하고 싶다던 서양사학과 여학생도 있었다.

10월에 치르는 경기도 교육청 조무직 시험 전까지 낮에는 근처 학원에서 공부를 하고 밤에는 이곳에서 일하고 싶다던 동갑내기 청년도 있었다.

어쨌든 이 아저씨는 아니었다. 이분만은 아니었으면 좋겠다고 점장에게 정중히 말했다. 하지만 내일이면 정확히 근무일수 일 년을 채우는 베테랑의 의견을 점장은 묵살했다.

서양사학과 학생은 앳된 인상이 귀여웠다. 물론 편의점 근무 경력이 없으니 하나부터 열까지 시시콜콜 가르쳐야 하는 수고로움이 따를 것이다. 그러나 그건 그녀의 상큼한 미소를 옆에서 바라보는 걸로 충분히 상쇄하고 남는다. 공무원 시험 준비생에게는 첫눈에서부터 왠지 모를 유대감을 느꼈다. 옆구리에 두꺼운 '일반상식' 수험서를 낀 채 허겁지겁 달려왔는지 냅킨으로 연신 이마에 흐르는 땀을 닦으며 애처롭게 서 있는 모습은 몇 차례 공개 채용 면접장에서 면접관을 대할 때의 나와 아주 흡사했다. 그래서 그제 새벽까지 나는 계속 누굴 뽑아야 할지 고민을 거듭했다. 귀여움이냐 아니면 동병상련의 정이냐.

지금 내 앞에 서 있는, 올해 마흔다섯이라는 중년의 아저씨는 점장이 알바 채용 사이트에 구인공고를 올린 바로 다음 날 편의점을 찾아왔다. 처음에는 점장의 오래된 친구인 줄 알았다. 어린 시절부터 동향에서 점장과 함께 자란 막역지우의 느낌? 귓가를 덮은 머리카락에 녹아든 순백의 세월이나 지적으로 보이면서도 한편으로는 어릴 적 동네에서 노는 애들의 가방이나 들어주었을 것 같은 어수룩함이 묻어나는 뿔테 안경, 사십 중반까지 살면서 세끼 식사보다도 더 많이 먹었을 욕과 손가락질, 그리고 잔소리를 다 담아놓은 듯한 똥배까지, 점장과 너무나 닮았다.

하지만 그는 점장과 갑과 을의 관계, 고용자와 피고용자의 관계를 맺기 위해 찾아온 우리나라 제일의 편의점 '올웨이스'의 회현역점 야간 파트타이머 후보 중의 한 사람일 뿐이다. 저 나이에 여기서 일하겠다고 찾아오다니. 아저씨의 첫인상은 한

마디로 측은함이었다. 측은함은 애초에 후보에조차 오르지 못했다.

어제 아침, 오전 파트타이머인 영철이 형과 함께 출근한 점장은 누가 내 파트너가 되었으면 좋겠는가에 대해 넌지시 물어보았다. 귀여움과 동병상련 사이에서 갈등하던 나는 그 결단을 점장에게 떠넘겼다. 그런데 그러지 말았어야 했다. 점장은 오늘 밤 근무에 아저씨를 내보냈다. 둘 중 하나를 선택하면 편파 판정의 시비가 생길 것이라는 두려움 때문인가? 아니면 파트너의 결정권을 함부로 자신에게 떠넘긴 나에 대한 일종의 화풀이? 한동안 이런 생각들로 머릿속이 복잡해지는데 아저씨는,

"잘 부탁한다."

하며 웃는 얼굴로 말하고는 어느새 카운터로 들어섰다. 말 놓으라고 하지도 않았는데 언제 보았다고 대뜸 반말이지. 라디오에서 10시를 알리는 시보가 울렸다. 곧이어 디제이의 카랑카랑한 오프닝 멘트가 스피커를 타고 매장 안으로 울려 퍼졌다.

오후 1시 29분

어제 한낮에 모처럼 반가운 전화를 받았다.

"유강훈 씨 되시나요? 안녕하세요, 저희는 ○○물산 인력개발부입니다."

여기까지만 듣고서도 무슨 전화인지 단번에 알 수 있었다. 나

는 용수철처럼 튕기듯 이불을 박차고 나와 점잖게 고쳐 앉으며 다음 멘트를 기다렸다.

"보내주신 이력서와 자기소개서는 잘 읽었습니다. 내일 오전에 면접을 보았으면 하는데요. 괜찮으신가요?"

"물, 아……, 흠흠."

자다가 일어나서 그런지 목이 잠겼다. 황급히 헛기침을 하고 나서 승낙의 뜻을 밝혔다.

"몇 시에 찾아뵈면 될까요?"

"내일 오전 11시까지 강남구청역에 자리한 본사 사옥 13층으로 오시면 됩니다."

"감사합니다. 그때 뵙겠습니다."

핸드폰 폴더를 닫자마자 마루를 뛰어다니며 환호성을 질렀다. 이게 얼마 만인가? 근 일 년 만이었다. 작년 초 졸업을 하면서 지금까지 무수히 많은 회사에 그들이 요구하는 이력서와 자기소개서, 성적증명서와 졸업증명서 따위를 보냈다. 하지만 오늘같이 반가운 전화를 걸어온 곳은 석 달 전 반월공단에 자리한 공장 외엔 이곳이 유일했다.

자동차 드럼과 디스크를 만드는 공장의 과장은 나를 한번 쭉 훑어보더니 컨베이어 벨트에서 막 나온 드럼을 들어보라고 했다. 어깨가 약간 처지긴 했지만 내가 가뿐하게 드럼을 들어 카트에 무사히 옮겨놓자 그는 무덤덤하게 말했다.

"내일부터 출근하십시오."

"합격인가요?"

과장은 나를 처음 보았을 때의 그 무뚝뚝한 표정으로 말없이 고개만 끄덕였다. 하지만 나는 다음 날 바로 직원임을 증명하는 파란색 명찰을 정왕역 쓰레기통에 버리고는 도망치듯 공장을 그만두었다. 내가 하는 일은 오로지 컨베이어 벨트에서 나오는 드럼을 카트로 옮기는 것뿐이었다. 하루에 약 8천 개의 드럼을 옮겼다. 내가 탄 당고개행 전철이 안산역에서 배차 간격 때문에 잠깐 정차했을 때에야 비로소 내 손가락에 밴드 두 개와 왼쪽 어깨에 강한 쑥향의 파스가 붙어 있음을 느끼곤 씁쓸한 웃음이 나왔다.

이러려고 부모님 반대를 무릅쓰고 취직이 잘되기로 소문난 M전문대를 때려치우고 S예대로 옮긴 게 아니었다. 유명한 소설가로 성공하여 출판사에서 마련해준 서재에 틀어박혀 커피를 마시고 감미로운 음악을 들으며 글을 쓰는 게 S예대를 다닐 적의 꿈이었다. 어머니는 내게 절대 그럴 만한 능력이 없다고 무시하며 잠자코 M전문대를 졸업할 것을 종용했다. 지금 와서는 어머니의 명령을 무시한 걸 후회한다.

이 년 전, 내 수필이 신춘문예에 당선되어 문화 섹션의 한 면을 장식했을 때는 어머니를 무시한 나의 용기와 식견에 스스로 대견해했다. 그러나 단 1월 1일 하루, 이후 몇 군데의 출판사에서 청탁 받은 원고를 쓰느라 분주히 보낸 몇 달이 흐른 뒤에는 작품을 쓰는 시간에 토익과 자격증 취득에 몰두한 S예대 문창과의 이단자들에게 굴욕을 맛보아야 했다.

입학과 동시에 공무원 수험서를 끼고 살며 학과 행사와 강의를 등한시했고 그럴 거면 차라리 행정학과로 전과하라고 내게 마구 잔소리를 들었던 일 년 후배 J군은 작년에 스물네 살의 젊은 나이로 7급 공무원에 합격하여 사제간담회 때 모든 회식비를 자신의 카드로 시원하게 긁어주는 화끈함을 보였다. 합평 시간에 자신의 습작품이 하도 교수님께 욕을 먹어 절필을 선언했던 동기 S는 방학 동안 따둔 한자능력검정시험 자격증과 900점에 육박하는 토익 점수로 인해 문창과 재학생들 사이에서는 선망의 대상이었던 C출판사에 편집자로 당당히 입사했다.

하아…… 그런데 나는 오늘 강남구청역 3번 출구에 자리한 ○○물산에는 가보지도 못했다. 적어도 아침 9시 반에 상왕십리역에서 지하철을 타고 교대역에서 내린 뒤 강남구청역이 종점인 2233번 마을버스를 타야만 면접 시간에 맞출 수 있었다. 그렇지만 지하철 안에서 깜빡 잠이 들었다 정신이 들었을 때 열차는 이미 교대역을 지나 강남역을 향해 나아가고 있었다. 나는 황급히 강남역에서 내려 반대 방향 지하철을 타려고 했다. 그러나 다음 열차가 '내선 순환'임을 알리는 메시지가 점멸하는 전광판의 시계를 보고는 그만 그 자리에서 꼼짝도 할 수 없었다.

오후 1시 20분을 가리키고 있었다. 깜빡 잠이 든 사이 열차는 이미 내선을 한 바퀴 돌았던 것이다. 면접 시간이 오전 11시였던 것이 문제였다. 오전 8시에 퇴근하여 눈 한번 제대로 붙이지 못하고 바로 준비해서 출발해야 도착할 수 있는 시간이었다. 좋게 말하면 취업준비생이고 딱 까놓으면 백수인 나는 작년 말부터 밀리기 시작한 학자금 대출이자와 핸드폰 요금으로 인해 어쩔 수 없이 편의점의 파트타이머가 되었다.

뒤늦게라도 가야겠다는 생각은 접고 강남역 플랫폼 벤치에 한동안 멍하니 앉아 있었다. 수많은 사람들이 막 들어온 신도림행 열차에 몸을 실었다. 남자들은 대부분 나처럼 말끔한 정장차림이었다. 이미 여기저기서 부대꼈는지 와이셔츠에는 주름이 잔뜩 잡혔다. 나만 아침에 다리미로 잡은 줄이 그대로 살아 있었다. 다음 열차를 타라는 기관사의 방송도 무시하고 문이 닫히려는 찰나에도 수많은 사람들이 몸을 들이밀며 열차에 들어갔다. 어디 그리 바빠 갈 데가 있는 건지. 몇 분이라도 늦으면 큰일이 나기라도 하는 건지.

물론 나도 갈 곳은 있었다. 2호선 회험역 5번 출구를 나오면 바로 보이는 열공빌딩 1층의 올웨이스 편의점 회험역점. 하지만 출근까지는 아직 여덟 시간이나 넘게 남았다. 다음 열차를 타고 집으로 돌아가 출근 전까지 잠이나 자야겠다. 물론 어머니에게는 면접을 잘 보고 왔으니 기대해도 좋다는 거짓말을 늘어놓으면서 말이다.

새벽 2시 44분

아저씨는 회현동 사거리가 훤히 보이는 스툴에 앉아 컵라면을 먹었다. 그동안 나는 카운터와 트레이를 오가며 손님을 받거나 비어 있는 유제품 진열대를 각종 우유와 요구르트로 빼곡히 채웠다.

이 시간쯤 되면 어김없이 찾아오는 단골들이 있다. 바로 옆건물 1층에 자리한 김밥천국 주방에서 일하는 아주머니 두 분. 한 분은 딸기 맛을, 다른 한 분은 초코 맛 우유를 항상 고른다. 그런 다음 편의점 앞 도로에서 택시를 타고 어둠이 짙게 깔린 회현동을 빠져나간다.

그 시간에 퇴근하는 손님은 또 있다. 이 건물 지하 1층에 위치한 호프집 '미네르바'의 서빙 담당. 그녀는 꼭 양담배를 한 갑씩산다. 가끔 그녀는 근무 시간에 소시지나 마른안주 등을 갖고 매장으로 찾아오곤 한다. 나에 대한 호감에서 비롯된 것은 아니다. 그 전에 나는 어김없이 호프집에서 술에 취해 뻗어 있는 손님을 업고 거리로 나와 그를 택시에 태워 보냈다. 일종의 사례인 셈이다. 호감의 뜻으로 안주를 가져왔다면 매정하게 거절했을 것이다. 나 역시 그녀에게 호감이라고는 전혀 없으니까.

문에 달린 종이 요란하게 울리며 제일 꺼리는 손님이 방문했다. 그 사람도 늘 이 시간 무렵에 등장한다. 남산만 한 아랫배를 무슨 무기마냥 불쑥 들이대며 온갖 짜증을 부리는 택시기사 웬씨. 정확한 이름을 몰라 나와 영철이 형이 처음 그를 만났을 때

붙인 별명이다. '웬수 같다.' 그래서 성이 웬, 이름이 수가 된 것이다. 오늘은 생수를 하나 흔들어 보이면서 성질을 부렸다.

"이게 750원? 할인마트에선 300원 하는 게 여기선 왜 이리 비싸."

늘 이런 식이다. 캔커피는 길 건너 할인마트에선 400원인데 여긴 왜 700원이냐, 우리 동네 구멍가게에서도 컵라면은 800원 받는데 여긴 왜 900원이냐. 24시간 내내 전기료와 그에 비하면 약간 싸다는 느낌을 받는 인건비가 드는 편의점에서 파는 생수가 비싼 건 당연할 수밖에 없는 것을. 손님에게 받은 스트레스를 나에게 풀려는 것인지 늘 지랄이다.

"그럼 그냥 가시든가요."

그럼 보통 성이 풀리지 않는다는 듯 가격만큼의 동전을 카운터에 집어 던지곤 나간다. 잘못하면 담배 매대 밑의 조그만 틈에 들어가버리기도 한다. 그러면 도통 꺼낼 수가 없다. 그런 날은 정산할 때에 POS가 로스(loss)를 알린다. 오늘도 역시 100원짜리 동전 한 개가 매대 밑으로 들어가버렸다. 블랙홀 같은 그곳으로.

"아, 마침 점장님 여기 계셨네. 장사하는 분이 그러시면 안 되지. 생필품 가격을 이렇게 비싸게 받으면 우리 같은 서민은 대체 어떻게 사나? 그래 봐야 얼마나 번다고."

웬 씨는 스툴에서 말없이 컵라면을 먹고 있던 아저씨를 점장으로 오해했다. 올웨이스 편의점 로고가 왼쪽 가슴에 새겨진 유니폼을 입고 있는 데다 생김새를 보아하니 웬 씨가 충분히 오해할 수도 있는 상황이었다.

"어이구 죄송합니다. 물가가 하도 올라 저희도 많이 어렵네요."

"인건비 아끼겠다고 점장님이 이 시간에 다 나오고 어렵긴 어려운 모양입니다. 그럼 수고하십시오."

웬 씨는 라면 먹다 말고 자신을 향해 죄송하다며 연신 고개를 숙이는 아저씨의 태도에 기분이 풀렸는지 '수고하라'는, 나는 여태껏 들어본 적이 없는 말을 내뱉고는 곱게 사라졌다. 아, 저런 방법도 있었구나. 마음에 없어도 죄송하다고 말하고 고개 몇 번 숙이면 웬 씨의 태도가 저렇게 돌변할 수도 있구나! 일 년 경력의 내가 갓 들어온 신입한테 한 수 배우는 순간이었다.

그래도 그렇지. 우리가 웬 씨한테 대체 미안해야 할 게 뭔가?

저녁 8시 11분

강남역을 나와 잠시 교보타워 사거리 주변을 배회한 뒤 집으로 돌아왔다. 그리고 평소와 다름없이 이부자리를 펴고 드러누웠다. 잠깐 ○○물산 면접장에서 면접관들을 향해 유창하게 입사 후 포부를 늘어놓는 장면을 상상했다. 면접관들이 얼굴을 찡그리며 낮은 점수를 준다. 고개를 절레절레 저은 뒤 베개를 얼굴에 묻고 잠을 청했다. 좁디좁은 내 방은 형광등을 끈 덕분에 금방 어둠이 내려앉았다. 하지만 이내 앞산 너머로 기울어지는 태양의 햇살이 사람 하나 겨우 빠져나갈 수 있는 창문 틈새로 고스란히 새어 들어왔다. 그러기에 오늘같이 늦은 오후에 잠을 청할 때는 반드시 얼굴을 베개에 묻어야 한다.

'내 앞을 스쳐 지나간 긴 머리의 섹시한 아가씨, 내 심장을 단숨에 끓게 만들고.'

핸드폰이 요새 레온.K가 밀고 있는 노래를 시끄럽게 불러댔다.

'젠장, 누가 이 시간에 전화질이야?'

핸드폰 액정에 뜬 발신자 대신 그 위에 자그맣게 점멸하는 현재 시각을 살펴보았다. 저녁 8시 11분이다. 누군가에게 전화를 걸어도 딱히 미안할 시간은 아니다. 그나저나 언제 잠이 들어 벌써 다섯 시간이나 흐른 건지. 그제야 누구의 전화인가를 확인했다. 동기인 성호였다.

"웬일이냐?"

"몇신데 방에 처박혀 잠이냐?"

"난 지금이 취침 시간이야. 왜?"

"다름이 아니라 너희 집 주소 좀 물어보려고."

"주소는 왜?"

"소연이가 다음 주 일요일에 결혼한대. 동기들한테 청첩장 보내려는데 네 주소랑 핸드폰 번호를 잊어버렸나봐. 나한테 물어보더라고. 걔한테 알려주려고 전화했지. 서울시 중구 황학동까지는 알겠는데……."

소연이가 결혼을 한단다. 내일모레면 서른을 맞이하는 결혼 적령기이니 그녀의 결혼은 동기로서 축하해 마지않을 일이다. 그러나 얼른 주소를 알려달라는 성호의 성화에도 불구하고 선뜻 입이 떨어지지 않았다. 무수히 많은 이력서에 적어 넣었던 나의 집 주소, '서울시 중구 황학동 533-×번지.'

첫사랑 소연이가 이렇게 날 떠나는구나. 성호의 전화 한 통으로 소주 한잔이 절실히 생각나는 서글픈 밤으로 바뀌었지만 한 시간 삼십 분 뒤엔 집 앞 버스정류장에서 회험동으로 가는 버스에 몸을 실어야 한다.

대신 동사무소 뒤편에 자리한 우리 동네 올웨이스 편의점에서 캔맥주를 하나 샀다. 그리고 근처 놀이터의 벤치에 앉아 곧 다른 남자의 아내가 되는 그녀와의 추억을 떠올려보았다. 마치 드라마 9회쯤에서 자신이 다니는 회사의 실장님에게 마음이 넘어간 여자친구 때문에 괴로워하는 남자 주인공의 아픔을 드러내는 신을 찍듯 가로등이 환히 비치는 벤치에 홀로 앉아 청승맞은 표정을 지으며 캔맥주를 입안에 털어 넣었다. 그러나 나는 남자 주인공이 될 수는 없었다. 드라마에서는 반드시 마지막 회에 여자 주인공이 남자 주인공에게 돌아온다. 하지만 소연이는 돌아오지 않는다. 특히 편의점의 야간 파트타이머에게는.

새벽 4시 27분

아저씨는 자꾸 조각 케이크를 만지작거렸다.

"아저씨, 그거 드시면 식대 초과예요. 아까 왕뚜껑 드셨잖아요."

이 말에 아저씨는 조각 케이크를 다시 진열대에 내려놓았다. 그러고는 카운터로 돌아와 말없이 내 옆에 섰다. 나는 출근해서 지금까지 아직 아무것도 먹지 못했는데 아저씨는 컵라면에 유통기한이 네 시간쯤 지나 폐기 등록한 빵까지 곁들여 먹고도 배가 고픈지 조각 케이크를 바라보며 입맛을 다셨다.

"사실 어제 한 끼도 못 먹어서……."

나와 눈이 마주치자 아저씨는 묻지도 않았는데 이렇게 고백했다.

"전엔 뭐 하셨어요?"

나이 지긋한 아저씨가 야밤에 잠도 못 자고 어린놈한테 잔소리 들어가며 일해야 할 때는 통속드라마 뺨치는 기구한 사연이 있을 게 분명했다. 대충 스토리를 그려볼 수는 있었다. 회사에서 구조조정당하셨겠지. 그래서 할 수 없이 직장을 나와 사업을 하셨을 거야. 그런데 쫄딱 망해버린 거지. 그 바람에 아내와 자식한테 버림받아 혼자 내쫓기고 노숙자에 가까운 생활을 여태껏 하셨을 거야. 그러다 이 짓이라도 해서 먹고살자고 결심해 쪽팔림도 무릅쓰고 여길 찾아온 거겠지. 마음 약한 우리 점장, 어떡할 거야? 서양사학과 학생이 더 마음에 들었겠지만 그놈의 측은지심 때문에.

—

매일 새벽 4시 반쯤 되면 졸음을 쫓기 위해 이곳에 들러 커피 믹스를 먹는 ○○일보 배달 아저씨도 마찬가지였고, 사거리에 다시 버스가 운행할 때쯤이면 매장 앞에 쌓아둔 박스 더미를 가져가는 이 씨 아저씨도 이와 비슷한 스토리를 늘어놓았다.

"회사에 다니면서 펜대 굴리고 있었지 뭐."

"혹시 ID카드 있으셨어요?"

"ID카드? 아, 사원증. 있었지. 그걸로 본사 근처에 자리한 카페에서 조각 케이크도 잘 사 먹었어. 거기 케이크 무척 맛있는데."

나는 대기업과 중소기업을 ID카드 소지 여부로 구분한다. ID 카드를 목에 걸고 다녔을 정도면 시시한 중소기업 직원은 아니었다는 얘기다. 점점 이 아저씨도 내가 구상한 스토리에 맞아들어간다.

신문배달 아저씨는 더 묻자 엉엉 울기 시작했고, 박스 아저씨는 갑자기 냉장고에서 소주 한 병을 꺼내더니 단숨에 들이켜버렸다. 아직 근무 시간이 세 시간 반이나 남았는데 아저씨마저 그런 식으로 돌변하면 곤란하다. 그래서 묻는 걸 그만두었다.

"7시부터 다시 손님들이 몰릴 거예요. 그 전까지 제가 알려준 POS 사용법 확실히 숙지해두시고요. 전 지금부터 컴퓨터 할 때니까 그때까지 좀 쉬세요."

매장 안에는 무선인터넷 AP가 설치되어 있었다. 일 년을 일했음에도 불과 넉 달 전에 안 사실이었다. 이후로는 중고 사이트에서 월급의 3분의 1에 해당되는 거금을 주고 산 중고 노트북을 들고 출근했다. 지금처럼 라디오 DJ 멘트가 또렷하게 들릴 시간이면 노트북을 펴서 인터넷 서핑을 하거나 다운받아둔 드라마를 본다. 아니면 여러 취업사이트를 돌아다니며 채용공고를 확인하거나. 월급은 여기보다 많아야 할 테니까 일단 연봉은 1,500만 원 이상, 외국어 성적은 꼭 요구하지 않으며 나의 등단 경력을 우대할 만한 회사가 나타나면 바로 이력서와 자기소개서 작성에 들어간다. 그동안 오는 손님들은 아저씨가 맡아주겠지. 이렇게 여겼지만 아저씨는 어느새 고개를 연신 끄덕이며 졸고 있었다.

조각 케이크의 유통기한을 확인해보니 오늘 오전 8시까지다. 평소보다 일찍 폐기 등록을 해버렸다. 아침에 이걸 먹는 사람이 있겠어? 아저씨나 먹겠지.

새벽 5시 31분

벌써 일 년이 지났나?

내 노트북은 15인치 넓은 화면에 조은은행 공개채용 모집 광고를 띄우고 있었다. 작년에 나는 이 회사의 공개채용 모집에 응시했다. 친구들과 동기들은 전공과 어울리지 않게 웬 은행이냐고 물었다. 이유는 간단했다. 당시 소연이가 조은은행 인사관리부에 신입사원으로 근무하고 있었다. 하지만 대답은 달리 했다.

"지금 내가 찬밥 더운밥 가리게 생겼냐? 그리고 조은은행 하면 우리나라에서 알아주는 은행이잖아. 나중에 내가 사원증 걸고 오면 동기라고 자랑스럽게 떠들어라."

그러나 그런 일은 일어나지 않았다.

마감일이 일주일쯤 지난 뒤 소연이가 직접 나에게 전화를 걸어왔다.

"축하해. 서류전형에 통과했어. 다음 주 수요일이 면접이야. 너도 인사부 지원했더라? 잘돼서 나랑 같이 근무했으면 좋겠다."

졸업식 이후에 처음 들어보는 목소리였다. 나는 그녀의 목소리를 신입생 오리엔테이션에서 처음 들었을 때부터 사랑했다. 설령 불합격을 알렸어도 좌절하기보다는 그녀의 목소리를 머릿속에 저장하고 계속 되감아 들었을 것이다.

'기다려, 조소연.'

하지만 불과 세 시간 뒤, 이번엔 침울하게 바뀐 그녀의 목소리와 다시 조우했다.

"면접날 널 볼 수 없을 것 같아. 좀전에 부장님이 서류 심사를 다시 하셨는데 널 떨어뜨린 모양이야. 너무 낙심하지 말고 기운 내."

하루에만 무려 두 번이나 그녀의 목소리를 들었지만 아무래도 두번째 걸려온 불합격 통보는 감당하기 힘든 고통이었다. 왜 날 떨어뜨린 거야, 왜? 이럴 거면 애초에 전화를 하지나 말지. 아니 그걸 소연이를 통해 알리지 말지. 이 망할 놈의 회사. 이 빌어먹을 조은은행! 하지만 그나마 이력서와 자기소개서를 보낸 네 군데의 회사 중 유일하게 합격과 불합격의 소식을 모두 알려준 고마운 회사였다.

소연이와의 인연은 그걸로 끝이었다. 가끔 동기모임에 나가서 그녀를 만나긴 했지만 커리어 우먼이 된 그녀에게 백수인 나는 알 수 없는 거리감을 느끼며 쉽게 다가갈 수 없었다.

'내 문서' 폴더 안에 만들어놓은 '입사' 폴더를 열어보았다. 그곳에 그동안 작성했던 자기소개서 파일들이 날짜순으로 쭉 나열되어 있었다. 맨 위에서 네번째에 자리한 자기소개서(조은은행).hwp 파일을 클릭했다.

6. 입사 후 포부(500자 내외로 서술하시오.)

노년의 리어왕은 왕국을 자식들에게 물려줄 결심을 하며 세 딸들에게 자신을 얼마나 사랑하느냐고 묻습니다. 큰딸 고너릴과 작은딸 리건은 갖은 달콤한 말로 아버지를 무척 사랑한다고 대답합니다. 이에 흡족한 왕은 자신의 영토를 그들에게 물려줍니다. 하지만 막내딸 코델리아는 달랐습니다.

"그저 자식으로서 아버지께 효성을 다할 뿐입니다."

코델리아의 덤덤한 말에 화가 난 왕은 그녀를 외국으로 추방해버립니다. 하지만 영토를 물려받은 두 딸은 아버지를 냉대하기 시작하고 오히려 추방당한 막내딸은 그런 모욕을 받는 아버지의 복수를 하는 등의 애정을 보입니다.

"코델리아가 되겠습니다. 그저 직원으로서 몸담은 회사를 사랑하겠습니다."

그러나 그 짧은 대답이 오히려 화려한 문장으로 가득 찬 자기소개서보다 더 큰 위력을 발휘하리라 믿습니다. 그래서 저도 끝으로 이런 말을 남기며 끝내고 싶습니다.

'직원'이 되겠습니다.

'입사 후 포부' 난은 예전에 『리어왕』을 읽다가 영감을 얻어서 완성한 것이다. 한때 문학도였던 남자가 고전 희곡을 읽으면서 자기소개서를 채울 문구를 떠올렸다니. 이후 모든 회사의 자기소개서에서 입사포부 난은 항상 이렇게 작성했다. 왠지 멋있어 보여서. 적어도 인사담당자들은 그렇게 볼 것 같아서.

'다시 한 번 지원해볼까?'

이제 조은은행 인사관리부에 조소연이라는 직원은 존재하지 않는다. 지난달 나는 참석하지 않은 동기모임에서 본인이 직접 그렇게 말했다고 성호가 알려주었다. 지금 생각해보니 결혼을 앞두고 있어서 그 좋은 직장을 그만둔 모양이다.

그럼에도 다시 조은은행에 도전할 마음이 생긴 건 나에게 일년간 고이 잠자고 있던 조은은행 자기소개서가 버젓이 살아 있어서이다. 물론 중간심사에서 탈락해 면접전형까진 가지 못했어도 10대 1의 경쟁률을 뚫고 서류전형을 통과한 경력을 가지고 있다. 지원부서만 영업부나 홍보실로 살짝 바꿔주면 될 일이다.

그러나 막상 메일을 보내고 나니 두려움이 찾아왔다.

'설마 작년 인사담당자가 올해도 심사하진 않겠지?'

우려먹은 것에 대한 자격지심이었다.

아저씨는 어느새 코까지 골면서 고개를 푹 숙인 채 잠들어 있었다. 시계를 보니 5시 31분이었다. 회험동에 손님을 내려주고 새벽 참을 먹으려는 택시기사나 배고픔을 참지 못해 고시원에서 뛰쳐나온 고시생 외에는 딱히 찾아올 손님이 없는 아직은 여유로운 시간이었다.

아침 7시 18분

고요하고 상쾌한 아침, 적어도 이 말은 올웨이스 편의점 회험역점에선 통하지 않는다. 두 달 앞으로 다가온 서울시 공무원 시험을 대비해 새벽 총정리반 수업을 듣는 수험생들이 가볍게 아침을 해결하고자 회험동 사거리의 유일한 편의점인 이곳으로 죄다 몰려들기 때문이다. 퇴근 전에 늘 찾아오는 마지막 폭풍이다.

그 어느 때보다 나와 아저씨의 호흡이 중요했다. 정산 시 POS 금액이 마이너스가 되거나 사무실 메인 컴퓨터에 기록되는 상품 매출 현황표와 재고가 맞지 않는 일들이 대부분 이 시간대에 벌어진다. 그래서 예전 동료 파트타이머는,

"오늘은 저글링들이 얼마나 떼로 몰려올까? 씨발, 우리에겐 의료선도 없는데 전투자극제를 남발할 수도 없고."

하고 라디오에서 7시를 알리는 시보와 함께 늘 중얼거리곤
했다.

"이분이 지금 제휴카드를 내셨잖아요. 그럴 땐 무작정 객층
키를 누르는 게 아니라 일단 제휴카드 버튼 누르시고요, 적립하
실 건지 사용하실 건지 물어보세요."

"바코드가 훼손되었는데 무작정 스캐너 갖다 댄다고 찍혀
요? 손님들 기다리시는 거 보이잖아요. 이럴 땐 가격 아니까 그
냥 기타 버튼 찍고 금액 입력하세요."

"이건 행사 할인 제품이잖아요. 이건 모니터 구석에 할인된
가격이 뜬다고요. 그런데 원래 가격을 말하시면 어떡해요. 나중
에 손님이 왜 할인인데 제값 다 받았냐며 따지러 오시면 책임지
실 거예요?"

"T-MONEY 교통카드만 충전이 되고 유패스는 안 돼요. 근
데 억지로 충전시키려 하니까 기계가 뻑뻑 소리만 내잖아요."

실수 퍼레이드였다. 그때마다 나는 아저씨께 버럭 소리를 질
렀고 그럴 때면 손님들은 깜짝 놀라며 나와 아저씨를 번갈아 쳐
다보았다. 분명 나는 손님들에게 무례한 놈이라고 속으로 손가
락질받고 있을지도 몰랐다.

저글링들이 어느 정도 사라지자 점장이 나타났다.

"영철 씨 또 못 나온대. 그 사람 툭하면 빠지고 말이야. 잘라
버려야 하는데 사람 구하기가 힘드니 원."

점장은 사무실로 나를 따로 불러낸 뒤 이렇게 투덜거렸다. 매

장 사정이 이렇게 안 좋으니 너는 그만둘 생각은 아예 하지 말라는 우회적인 경고처럼 들렸다.

"같이 일해보니까 어때? 저 아저씨 사정이 딱해서 쓰긴 쓰는데."

"답답하죠, 뭐."

사실 저글링들을 상대하는 와중에도 점장을 만나면 반드시 해야겠다는 말들을 계속 머릿속에 꾹꾹 눌러두고 있었다. 그중 그만두겠다는 말은 가장 먼저 맨 아래에 쌓아놓았다. 그런데 너무 깊은 곳에 쌓아두었는지 막상 점장을 대하자 그 말이 쉽게 꺼내지지 않았다.

"대책을 세워주십시오. 일을 너무 못합니다."

"신용불량자에 집도 없이 고시원에서 혼자 지낸다잖아. 쪽팔리는 거 무릅쓰고 일하겠다고 찾아왔는데 그만두라고 하기도 뭣하고. 좀더 같이 일해보다가 그래도 안 되면 그때 다른 사람 구해보자."

나는 하릴없이 점장 앞을 물러 나왔다.

퇴근 후 회현역 앞까지 아저씨와 함께 걸었다.

"오늘 나 때문에 고생이 무척 많았지? 아무래도 여긴 내가 일할 곳이 아닌가봐."

이 말을 남기고 쓸쓸히 돌아서는 아저씨의 등이 무척 애처로워 보였다. 아, 그놈의 측은지심!

"환불할 땐 제일 먼저 뭘 해야 한다고 알려드렸죠?"

아저씨는 가던 길을 멈추고 뒤돌아서서 한참 나를 바라보다가 입을 열었다.

"먼저 구매 영수증부터 보여달라고 말해야 하나?"

"손님이 0.5 달라고 하면요?"

"더 원 0.5 드리면 되는 거지?"

"맞아요. 그럼 밤에 봐요. 늦지 마시고요."

그렇게 아저씨를 떠나보내고 나는 612번 버스에 몸을 실었다. 버스 맨 뒷자리에 주저앉아 오늘 새벽에 작성해서 보낸 자기소개서를 떠올렸다. 조은은행 인사담당자는 언제쯤 그걸 읽을까? 그는 분명 내게 면접을 보러 오라는 연락을 주지 않을 것이다. 아무리 자기소개서를 멋들어지게 썼다고 한들 자기소개서의 앞장에 붙은 이력서의 스펙이 형편없으면 인사담당자가 읽어보지도 않는다는 것을 알아서다. 나는 내 스펙이 형편없다는 걸 잘 안다. 그래서 작년 조은은행 인사관리부의 부장님에게는 오히려 고마움을 느낀다. 비록 떨어뜨리긴 했어도 내 자기소개서를 읽어주었으니까. 소연이가 나에게 보낸 청첩장은 어디쯤 와 있을까? 결혼식에 갈까, 말까? 차라리 이런 고민에 빠지지 않게 다음 주 일요일은 오전 근무를 할까?

612번 버스가 왕십리에서 회현동으로 이어지는 4차선 도로에서 꼼짝없이 갇힌다. 창밖으로 마치 19세기 유럽의 어느 번화가에서나 봄직한 호사스러운 2층 목조 주택이 눈에 들어온다. 2층 발코니 아래에 달린 간판에는 멋들어진 이탤릭체로 'Cafe Asgard'가 새겨져 있다. 정체에 짜증이 난 승객들이 하차벨을 누르고는 여기서 내려달라고 기사에게 아우성친다.

아직 집에 도착하려면 열 정거장도 넘게 남았지만 무언가에 홀린 사람처럼 그들을 따라 버스에서 내린다. 그리고 카페가 자리한 건너편으로 향하기 위해 횡단보도에서 신호를 기다린다.

소설가

2016년 6월

저녁 8시 32분

　오늘도 느지막한 저녁에 출판사에서 제공해준 개인 서재를 벗어나 노트북이 든 가방을 덜렁 메고 카페 아스가르드로 향한다. 오 년 전에 우연히 발견한 뒤부터 그곳은 자주 아침식사를 해결해주는 식당이 되었고 출강을 나가는 대학교의 강의 PPT를 만들거나 공모전에 제출할 소설을 집필하는 작업실이 되어주었다.

　소설 『올웨이스 편의점의 야간 파트타이머』도 그곳에서 완성되었다. 나처럼 글씨체가 더러운 어떤 친구의 충고로 지난 시절 나의 경험담을 소설로 녹여냈는데 운 좋게도 많은 독자들의 사랑을 받았다. 이에 고무된 출판사는 내게 후속작을 부탁했다. 이를 들어주기 위해 오늘부터 그곳에서 신작 집필을 시작하려고 한다.

종소리를 요란하게 울리며 카페 안으로 들어와서는 웨이트리스에게 익숙한 동작으로 울르 와플과 우유를 주문한다. 그리고 내가 즐겨 앉는 테이블로 가서 노트북을 꺼내고는 전원을 켠다. 부팅을 기다리며 잠시 주위를 두리번거린다. 오늘 이 시간은 나만 자리하지 않은 듯 맞은편의 'Bragi' 테이블에는 개나리색 노트가 자리를 떠난 주인을 기다린다. 오른편 테이블에서는 말끔한 양복 차림의 중년 샐러리맨이 독서에 심취하는 중이다.

그런데 그 사람이 왠지 낯설지 않다. 베이지블루 양복 대신에 연초록색의 유니폼을 입히면 지금으로부터 육 년 전, 이곳에서 그리 멀지 않은 편의점에서 나의 숱한 잔소리를 들으며 함께 근무했던 남 씨 아저씨와 외양이 무척 닮았다.

닮은 게 아니라 어쩌면 아저씨일지 모른다. 또 오딘께서 간만에 짓궂은 장난을 치신 거겠지? 자세히 보니 그가 읽고 있는 책은 바로 『올웨이스 편의점의 야간 파트타이머』이다.

"어떤가요?"

갑작스레 다가가 건넨 질문에 그는 놀란 표정을 지으며 나를 바라본다.

"부족하지만 제가 그 소설의 작가입니다. 강훈."

"아, 그러세요? 11주 연속 베스트셀러에 올랐다는 띠지가 붙었기에 한번 봤는데 정말 괜찮은 소설이더군요."

"고맙습니다."

"여기 나온 아저씨가 너무 안됐어요. 왠지 모를 짠함도 느껴지고……."

"그래도 나중에는 성공해서 대학로에 자그만 술집도 내고 그럽니다."

"아, 이거 경험담인가요?"

"살짝 각색을 하긴 했지만 뭐……."

우리는 그렇게 각자 주문한 메뉴를 다 먹을 때까지 소설에 대해 많은 얘기를 나눈다.

"회사가 근처라 여긴 자주 오곤 합니다. 다음에 또 만나서 작가님 소설에 대해서 많은 얘기를 나눴으면 좋겠습니다."

중년의 샐러리맨은 가볍게 고개를 숙여 인사를 건네고는 황갈색 문 밖으로 사라진다.

"오딘께서 또 장난을 치신다면 만날 수 있을 겁니다."

나는 아무도 듣지 못하는 낮은 목소리로 이렇게 중얼거린다.

"안녕하십니까, 선생님!"

어느새 나타난 개나리색 노트의 주인이 우렁찬 목소리로 내게 인사를 한다. 그녀는 이번에 내가 강의를 맡은 '글쓰기의 재미'를 수강한 명성대학교 기계전자공학부 10학번 김혜연이라고 자신을 밝힌다.

다섯번째 메뉴

칵테일 무닌

(Cocktail Muninn)

'무닌'은 오딘의 어깨 위에 후긴과 함께 앉아 있는 큰 까마귀를 일컫는다. 인간의 세상인 미드가르드를 비롯하여 각지를 누비며 오딘에게 온 세계의 소식을 전해주고 전투가 벌어지기 전에는 그가 선택한 승리자의 진영을 날아다닌다. 북유럽 신화에서 이 까마귀는 '기억' 또는 '의지'를 상징한다.

처음 카페 아스가르드를 방문했을 때 주문한 메뉴가 바로 이 까마귀의 이름이 붙은 칵테일이다. 잠시 뒤 찾아올 친구를 위해 나는 이걸 한 잔 더 주문한다.

극장 슈퍼바이저

2011년 9월

갑작스러운 스케줄

"그건 좀 곤란하겠는데요."

수화기 너머로 전해지는 목소리에서 한기가 느껴진다. 귓가를 파고드는 싸늘한 기운에 어깨가 움츠러들었을 법도 하건만 이젠 그다지 대수롭지 않다. 익숙함을 넘어 지겨울 지경이다. 미련 없이 수화기를 내려놓고는 자판을 두들긴다. 금세 눈앞에 펼쳐진 새하얀 감방에 새로운 죄수가 수감된다.

얇은 실선으로 이루어진, 수평선과 수직선이 무수히 교차하며 만들어낸 좁은 직사각형의 감방들은 이미 수감자로 넘쳐난다. 방금 입소한 죄수는 다른 동료들과는 달리 다소 외진 곳에 배치된다. S12에서부터 U20까지의 구역으로 이곳에 들어온 자들은 다른 수감자와 구별 짓기 위해 그들의 이름에 빨간 낙인을 찍는다. 굳은살이 박인 내 오른손 검지가 둔탁하게 몇 번 두들기면 간단한 일이다.

내 부탁을 듣지 않은 것이 그들의 죄이다. 화요일부터 목요일, 저녁 5시부터 10시까지의 시간을 내놓으라는 부탁을 단칼에 거절한 죄. '김미선'이라는 이름의 새로운 죄수는 T17번 방이다. 죄를 범하게 된 연유는 앞선 특별구역 수감자들과 비슷하다. 그녀는 코앞으로 다가온 학교 축제를 대비하고 싶어 한다. 천 명을 수용할 수 있다는 모교 대극장 무대에서 자신의 물오른 연기력을 비롯해 요새 한창 주가를 올리는 걸그룹의 리더와 닮은 외모를 자랑하고 싶어 하는 연극반의 단골 주연 배우이다.

더는 내 뜻대로 움직이지 않을 거라는 확신에 지난 6개월간 매표소를 사수했던 그녀를 미련 없이 특별구역으로 보내버린다. 그녀는 어쩌면 이걸 바랐는지도 모른다. 또 한 번 자신의 시간을 지배하려는 나에게 맞서 당당히 항거한 결과이니 말이다.

화요일부터 목요일까지 오후라고 명명된 감방들은 아직 텅 비어 있다. 추석 연휴가 끝나기 전까지 반드시 다른 이들의 귀한 오후 시간을 몇 푼의 시급과 맞바꿔 채워야 한다. 그러고 보면 내가 관리하는 스물한 명의 스태프는 다들 감방으로 들어오기를 기다리는 처지다. 다만 낙인이 찍힌 채 특별구역으로 가느냐 마느냐의 차이일 뿐. 왼쪽 가슴에 덜렁덜렁 매달린 작은 명찰이 스물한 명 스태프들의 시간을 좌지우지할 수 있는 힘을 부여한다.

'슈퍼바이저 조재덕.'

짧은 헛기침 소리와 함께 사무실 문이 열린다. 캔커피를 손에 든 동료 J가 긴 한숨을 쉬며 자기 자리에 털썩 주저앉는다. 늘 고단한 주인의 삶의 무게를 이기지 못한 그의 의자가 언제나처럼 요란하게 삐거덕 소리를 낸다.

"아직도 끙끙대? 알바천국에 가면 여기 들어오겠다는 애들이 한 트럭도 넘는다니까."

J의 말은 거짓이다. 절대 한 트럭이 아님을 이미 10분 전에 확인했다. 추석 연휴를 시작으로 대학 축제가 몽땅 자리한 9월에 트럭은커녕 소형 승합차를 메울 정도의 스태프 후보생들만 모여도 감지덕지할 따름이다. 매점 카운터에서 팝콘과 콜라 콤보 박스 판매 개수 세는 데에만 능숙한 그에겐 지금 내가 전화통을 붙잡고 쩔쩔매는 꼴이 전혀 이해가 되지 않을 것이다.

더는 내가 대꾸하지 않자 J는 들고 온 캔커피를 홀짝거리며 멍하니 천장을 바라본다. 그곳에도 수많은 수평선과 수직선이 교차하며 만들어낸 직사각형 타일감옥이 자리한다. 그중 J의 시선은 어디에 얽매여 있는지 궁금하다. 다시금 나도 앞으로 무수히 날아올 핸드폰 요금이나 등록금 고지서에 당당해지기 위해 기꺼이 자신의 시간을 저당 잡힐 인물들을 물색해본다. 오늘은 제발 이 미션을 완수하고 싶다.

J의 등장 이후 다시 유지되던 사무실의 정적을 깨뜨린 이는 바로 어머니이다. 어서 응답하라는 우렁찬 핸드폰 벨소리가 오늘따라 유난히 사무실 안을 가득 울린다.

"오늘은 좀 일찍 들어오면 안 되니? 그래도 너에게 꼭 인사드리고 가겠다고 기다리는데."

"퇴근 늦는 거 아시잖아요."

"그래도……."

추석 연휴 이후 매주 화요일에서 목요일까지 매표소의 늦은 오후를 책임져주겠다는 사람이라면 지금이라도 한달음에 달려가 만날 터이다. 하지만 나를 기다린다는 이는 그저 내 동생의 옆자리를 책임지고 싶어 한다. 동생이 삼 년간 자신이 다녔던 노량진 고시학원 정문의 플랜카드에 이름을 올리지 않았다면 절대 그럴 리 없다고 확신되는 여자. 고작 시댁 식구의 한 사람으로서 제수씨를 면접하고자 근무 스케줄을 헝클어뜨려놓고 싶진 않다.

"다음에 보자고 그러세요. 제가 뭐 대수라고."

잠시 후 핸드폰은 작은 포물선을 그리며 LED 램프를 넘어 비행하다 서류철로 이루어진 산맥을 만나 그만 불시착한다. 사고를 알리는 작은 굉음은 그만 동료 L의 등장을 알리는 문소리에 묻히고 만다.

"다들 안 들어가고 뭐해?"

도무지 뚱딴지같은 소리를 J는 잘도 알아듣고 받아친다.

"안 그래도 여친이랑 어디서 놀까 문자 날렸는데 답문이 없네. 연락 오면 바로 나가야지."

"자네는?"

불현듯 고등학교 윤리시간에 배웠던, 현대사회의 가장 큰 문제점이라는 '소통의 부재'라는 말이 떠오른다.

"이 친구는 아직 점장님 공지 문자를 못 본 모양이야."

J의 말에 그제야 불과 30여 초 전 불시착한 기체에서 두 통의 읽지 않은 메시지가 있음을 기억해낸다. 하나는 흔한 스팸이지만 나머지는 J와 L의 대화에 동참할 수 있는 중요한 제재이다.

점장

010-2×48-×××× 오후 6:37

추석 연휴 기간에 내방하는 관객의 갑작스러운 증가가 예상되는바 내일부터 다음 주 일요일까지는 세 명의 S/V가 업무에 투입되는 특별 근무 편성을 실시합니다. 이에 대한 조처로 오늘은 수석 슈퍼바이저를 제외한 나머지 직원들의 조기 귀가를 지시하는 바입니다.

MMS 글자 수 제한의 압박을 받아 무미건조하게 할 말만 내뱉은 공지임이 한눈에 드러난다. 그러나 화려한 미사여구로 가득 찼던 그 어떤 점장님의 격려 문자보다 더 J와 L을 들뜨게 만든 건 확실해 보인다. 나는 무척이나 당황스럽다.

점장님이 능숙하지도 못한 엑셀을 손수 다루며 사무실 우측 벽면 보드 게시판에 붙인 슈퍼바이저 근무 스케줄표에 오늘 낮 3시부터 밤 12시까지는 내 이름이 마치 낙인처럼 박혀 있다. 이는 이곳에 입사하면서 점장님과 맺은 약속이자 계약이다. 그 낙인은 어머니가 가벼운 교통사고로 입원을 하신 날에도, 십년지기 친구 어머니가 납관하시는 날에도 이 극장을 사수하게 만들었다. 그러면서 지난 삼 년간 연인과의 데이트나 술자리로 시간의 풍족함을 과시하는 자들을 부러운 눈길로 바라보며 도시 속에서 홀로 시간에 굶주린 채 헤매는 노예가 되었다. 그런데 이무슨 갑작스런 노예 해방이란 말인가? 주인의 손에 길들여진 사자는 밀림이 오히려 더 무서운 법이다.

이 상황에서 역지사지가 맞는 표현일까, 동병상련이 더 어울리는 말일까? 문득 그동안 내가 저지른 악행들이 하나둘 떠오른다. 효율적이고 경제적인 근무 배치라는 정의 아래 자행한 스태프들의 근무 시간 변경과 단축 그리고 연장. 더 나아가 느닷없는 해방 선언까지! 그저 직분에 충실하고자 이를 태연히 자행했지만 그들이 받았을 짜증이나 고통은 이루 말할 수 없었을 것이다. 지금부터 나도 몸소 겪으며 하나씩 체험하라는 신의 계시인가?

애매한 스케줄

딱히 갈 만한 곳이 떠오르지 않는다. 오늘 중으로 근무 스케줄표를 완성하지 못한 점도 마음에 걸린다. 그렇다고 이를 위해 자유를 반납하고 다시 근무의 족쇄를 차겠다는 가증스러운 위선을 떨고 싶지는 않다. 아무런 대책 없이 J와 L과 함께 사무실을 나선다.

일이 이렇게 된 김에 나를 기다린다는 미래의 제수씨를 만나러 그냥 집으로 갈까도 잠시 고민해본다. 그러나 이내 고개를 가로젓는다. 제수씨가 될 여인에게 악의가 있어서는 아니다. 족히 몇억 원은 든 것 같다는 빼어난 외모인지 확인해보고 싶기도 하다. 다만 동생이 자신의 결혼 상대자를 가족들에게 소개시키며 으스대는 꼴이 보기 싫을 따름이다.

200대 1의 경쟁률에 커트라인이 무려 98점에 육박했다는 7급 공무원 시험에 합격하기 전만 해도 동생은 그저 한심하기 짝이 없는 우리 동네의 대표 백수일 뿐이었다. 그럼에도 동생의 근거 없는 자신감은 실로 대단했다. 스물여덟에는 반드시 합격하여 행자부나 문체부 같은 공공기관에 입사하고 서른 전에 결혼하며 서른둘에 자식을 낳고 마흔쯤에 강남에 30평대의 아파트를 마련하며 그즈음에는 대학원에 들어가 석사학위를 따고 오십대에는 감히 정치에 도전하겠다는 장래 스케줄을 그냥 어디 조그만 중소기업에라도 들어가라는 어머니의 구박 속에서도 꿋꿋이 늘어놓았다. 나도 동생이 술만 마시면 허황되게 자신의 포부를 떠들어대는 아버지의 못된 버릇을 물려받은 것이라고만 여겼다.

그런데 동생은 적어도 몇 가지 스케줄을 과거완료형으로 만들어놓았다. 이를 추가시킬 수도 있어 보인다. 학교에서는 스케줄을 완수하면 성적이나 학점을 부여 받고 회사에서는 정해진

보수를 지급 받는다. 동생은 성취감과 가족들의 인정, 본인의 말에 따르면 천하제일미인을 손에 넣었다. 제수씨가 나를 기다리겠다는 건 어쩌면 그녀의 의지가 아닐지 모른다. 동생은 전리품과도 같은 제수씨를 나에게 보여주며 과시하고 싶을 것이다. 나는 속도 없이 한가로이 이를 감상하는 미술관의 관람객이 되고 싶지 않다.

"요 앞 사거리 호프집에서 맥주나 한잔 할까?"

마침내 갈 곳이 떠오른 나는 들뜬 목소리로 L에게 동행을 요구한다. 둘이 한 3,000cc 정도 나눠 마시고 그 집에서 제일 인기가 좋은 골뱅이와 소시지 안주 세트를 곁들이면 부담 없는 가격에 충분히 서너 시간은 소비할 수 있다는 계산이다. L의 러브스토리도 현재 어디까지 진행 중인지 알아낼 수 있을 터이다. 당연히 그때쯤이면 제수씨도 돌아가고 없을 것이니 이보다 더 완벽한 스케줄은 없다는 확신이 든다.

L은 단칼에 내가 설계한 스케줄에 따르지 않겠다는 뜻을 내비친다.

"여자친구가 기다려."

그는 자신의 자취방에서 단둘이 오붓한 시간을 보내겠다고 밝힌다. 오붓한 시간이 섹스라는 건 말하지 않아도 알 수 있다. 더는 조르면 구차하게 매달리는 것 같이 보일까봐 보내기로 결심한다.

잠시 후 J와 L은 기분 좋은 발걸음으로 극장을 떠난다. 유독

나만 납덩어리를 발목에 매단 것처럼 한 발자국도 내딛지 못하고 극장 로비에 우두커니 서 있다. 수많은 관람객이 주위를 무심히 스쳐 지나간다. 저들에게는 과연 어떤 스케줄이 기다리고 있을까? 우선 저마다 선택한 영화를 연인끼리는 오붓하게, 가족끼리는 단란하게, 친구끼리는 정겹게 관람할 것이다. 극장을 나서면 주변을 빙 둘러싼 번화가에서 늦은 저녁이나 조촐한 술자리를 벌일지 모르고, 이후에는 자신들이 선택한 은밀한 곳에서 뜨거운 밤을 불태울 거라 상상해본다.

나는 왜 그런 스케줄 하나 만들지 못하고 동료들이 다 떠난 이곳에서 청승을 떠는 것인가 고민해본다. 돌연 지금 이 자리에 없는 점장에게 소리 죽여 욕을 한다. 차라리 그냥 내버려두었으면 좋았을 거라고. 그랬다면 이런 쓸데없는 고민은 생기지 않았다. 피곤한 몸을 이끌고 출근해 지친 몸을 이끌고 집으로 귀가하는 일과에 균열이 생기길 바란 적은 없다.

오랜만에 사람들로 북적이는 지하철에 몸을 싣는다. 안면도 없는 이들과 어깨를 맞대는 광경이 낯설게 다가온다. 술에 취해 의자에 대자로 뻗어도 누가 뭐라 하지 않고 고래고래 소리를 질러도 아무도 들어주는 이 없는 풍경이 나에게는 익숙하다. 이들은 무슨 스케줄에 그리 쫓기는지 연신 손목시계나 핸드폰을 들여다본다. 지하철이 다음 역에 도착하면 문이 열리자마자 바쁜 발걸음으로 들어오고 나간다. 현재 자신이 무슨 역을 지나고 있는지를 수시로 문자나 통화로 알리며 한쪽에서는 늦게 도착할 것 같아 미안하다며 목소리를 내리깔고 다른 한쪽에서는 상대방이 왜 늦는지 언성을 높이며 따진다.

이게 바로 진정한 퇴근길의 모습일 터인데 그동안 한 번도 이를 누려보지 못했다. 나는 지금 귀가가 아닌 퇴근을 한다. 다만 다른 승객처럼 지금이 몇시인지도, 지하철 최단 환승 노선을 알기 위해 스마트폰 앱을 들여다볼 필요도 없다는 사실에 약간의 소외감이 밀려온다.

새로운 스케줄

불현듯 왕십리 근방에 자리한 카페를 떠올린 건 다음 역이 왕십리라는 안내방송이 나온 직후이다. 금요일을 제외하면 한양대역을 출발할 즈음 늘 똑같은 억양과 멘트의 방송을 듣고는 했다. 그러므로 방송이 그곳을 일깨워준 것은 아니다. 내 시선이 머문 곳에는 중견 톱 탤런트가 카페에서 온화한 미소를 띠며 앉아 누군가를 여유롭게 기다린다. 그가 입은 외투가 무려 30% 할인이라는 문구가 낯간지럽다.

동생은 며칠 전 제수씨와 추석 연휴가 끝나면 왕십리 근방의 고급스러운 카페에서 만나 구체적인 결혼 스케줄을 짜자는 통화를 나누었다. 녀석의 설명에 따르면 그곳은 어디서나 흔히 볼 수 있는 네모반듯한 빌딩의 1층에 자리한 식상한 커피전문점이 아니었다. 마치 근세 유럽의 어느 도시에서나 봄직한 호사스러운 2층 목조 주택이었다.

과연 녀석의 말이 사실인지를 확인해보기로 한다. 다음 역에
서 내리면 간단한 일이다. 진위 여부는 그다지 중요하지 않다.
그저 이왕이면 특별한 목적을 가지고 시간을 소비하고 싶을 뿐
이다. 오늘 저녁 스케줄은 아주 '프리'하다.

카페는 역에서 나와 한 오 분만 걸어가면 되는 지척에 있었
다. 142번과 577번 그리고 612번이 정차하는 버스정류장 뒤편
이다. 하루 이백만 명이 이용한다는 지하철 2호선이 사실 특정
시간에 승차하면 작동하는 타임머신인 것처럼 19세기 유럽의
런던이나 파리쯤으로 나를 데려가주었다. 예전에 멋모르고 수
강했던 서양미술사 강의에서 본 듯한 기이한 양식의 기둥과 돔
으로 이루어진 하얀색 목조 건물은 방문객에게 위압감을 주기
에 충분한 웅장함을 지녔고, 그 앞으로 펼쳐진 튤립과 해바라기
로 둘러싸인 정원은 탄성을 자아내기에 모자람이 없어 보인다.
2층 발코니 아래에 달린 간판에는 멋들어진 이탤릭체로 'Cafe
Asgard'가 새겨져 있으며, 그 옆에 우뚝 솟은 가스등은 고혹한
분위기를 자아내는 주황색 아르곤 가스를 내뿜으며 자신이 이
곳에 존재한다는 사실을 알린다.

동생의 말은 사실이었다. 왜 그토록 제수씨를 이곳에 데리고
오고 싶어 했는지 납득이 간다. 서둘러 핸드폰을 꺼내 신비로운
기운에 둘러싸인 카페 전경을 사진에 담는다. 내일 출근하면 J와
L에게 보여주기 위함이다. 괜찮은 맛집을 찾아낸 사람이 블로

그에 올려 지인에게 자랑하고자 연신 카메라 셔터를 누를 때의 기분을 비슷하게나마 체감한다.

이윽고 현관으로 발걸음을 옮긴 후 조심스레 황갈색 문을 연다. 문에 달린 종이 요란하게 울린다. 가까운 테이블에 아무렇게나 주저앉은 후 주위를 살핀다. 외관 못지않게 실내도 디자이너의 고충이 잔뜩 담겨 있는 고풍스러우면서도 신비로운 인테리어로 가득하다. 하늘색 유니폼이 허리 굴곡을 더욱 돋보이게 해 뒷모습이 매력적인 웨이트리스가 나타나 메뉴판을 건넨다. 펼쳐 보니 어디서 본 적도 없는 메뉴들로 빼곡하다.

"마땅한 게 없으시면 하나 추천해드릴까요?"

난 주저 없이 고개를 끄덕인다. 아마 그녀도 나처럼 메뉴판을 들여다보며 곤혹스러운 표정을 짓는 손님들을 많이 봐왔으리라. 그러니 저런 멘트를 자연스럽게 날리는 거겠지.

"무닌 테이블에 앉았으니 칵테일 무닌이 어떠신가요? 칵테일 한잔 들기에 좋은 시간이기도 하고요."

그녀는 내 대답을 듣지도 않고 그대로 돌아서 가버린다. 그러고 보니 이곳의 모든 테이블은 왼쪽 구석에 문구가 하나씩 새겨져 있다. 내가 앉은 테이블은 'Muninn'이다.

장래 스케줄

칵테일을 기다리며 어머니께 전화를 해보니 제수씨는 아직도 집에 머무는 중이다. 그렇다면 나에겐 아직도 보내야 할 시간이 많이 남았다. 무닌이라는 이름의 칵테일을 마시며 남은 시간을 어찌 보낼지를 궁리해본다.

한 잔밖에 안 마셨는데도 몸에 취기가 돈다. 그러자 아버지가 눈앞에서 아른거린다. 얼굴에서부터 목까지 새빨개진 아버지가 나처럼 고개를 삐딱하게 숙이고는 초점을 잃은 시선을 땅바닥으로 향한다. 그리고 무언가를 계속 중얼거린다. 소재는 어떤 술을 마셨고 언제까지 마셔 어떻게 취했느냐에 따라 매번 다르지만 주제는 똑같다. 퇴직하면 모아둔 돈으로 인적이 드문 강원도의 외딴 산속에 조그만 별장을 짓고 그곳에서 텃밭을 일구며 틈틈이 소설을 써 문단에 발표하겠다. 그저 화려하게만 묘사해놓은, 그래서 실현 가능성 제로의 장래 스케줄이다.

아버지의 퇴직금은 이십 년이 되도록 아직 갚지 못한 주택자금대출 청산에 몽땅 들어갈 것이다. 그리하여 땡전 한 푼 남아 있지 않을 당신은 분명 다른 일자리를 알아봐야 할 것이다. 나름 소설이랍시고 평소에 끄적거려놓은 습작품들은 손발이 오그라들 정도로 유치하여 분명 문단에서 거부할 것이다. 그러니 아버지에게는 알코올의 기운을 빌려 내뱉은 원대한 포부인지는 몰라도 어머니를 비롯한 다른 식구들에겐 그저 술주정에 불과하다.

이상하게도 평소에는 이해가 되지 않는 아버지의 작태가 지금은 다소 이해가 된다. 술주정이 아니라 누군가가 짜놓은 스케줄에 무기력하게 굴복당한 어떤 남자의 소심한 외침이었다는 것을 어렴풋이 깨닫는다.

아버지를 흉내 내보기로 한다. 아버지처럼 거나하게 취할 필요는 없다. 기분만큼은 한 3차까지 다녀온 듯하니까.

"이번 달까지만 극장에 나갈 거야."

여기까지만 내뱉고는 이내 말문을 닫는다. 유일한 청중인 웨이트리스가 눈을 동그랗게 뜨고 계속 나를 바라본다. 그러고 보니 직장을 때려치우고 나서의 일을 깊게 생각해본 적이 없다. 다시 영화판에 복귀하기 위해 아는 선배를 통해 그쪽 일을 알아볼까? 아님 한동안 집 안에 틀어박혀 시나리오 집필에 몰두할까? 그도 아니면 삼 년 육 개월을 일했으니 두둑한 퇴직금을 가지고 어디 멀리 여행이나 다녀올까? 몇 가지 스케줄이 머릿속을 스쳐 지나가지만 다들 확고부동한 것들은 되지 못한다.

슬며시 쓴웃음이 터져 나온다. 아버지만도 못하다는 자조감에서 비롯된 것이 분명하다. 아버지 흉내 내기는 그만두기로 한다. 어차피 남들이 보기엔 그저 술주정에 불과하다. 초저녁부터 그러고 싶지는 않다. 칵테일이나 한 잔 더 마시기로 한다.

그런데 이런 내 마음을 어찌 알았는지 웨이트리스가 새 칵테일을 가져다놓는다.

"이건 감독님께서 쏘시는 겁니다."

"감독님요?"

"여기 자주 들르시는 감독님이 계시거든요. 그분이 손님한테 칵테일을 대접하라고 말씀하셨습니다."

낯선 사람에게 술을 얻어먹는 기분이 참으로 묘하다.

이어지는 스케줄

새로 나온 칵테일도 거의 비울 때쯤 나는 예기치 못한 조기퇴근으로 인해 오늘 끝마치기로 한 근무 스케줄표가 아직 미완성임을 깨닫는다. 세 시간 동안 머리를 싸매고 앉아도 풀지 못한 숙제였으니 넉넉히 시간을 소비할 수 있을 터이다. 서둘러 스마트폰을 꺼내 구인공고를 올린 알바사이트와 연동이 되는 앱을 실행한다. 순식간에 네댓 명 정도 새로운 지원자의 리스트를 차례로 보여준다.

한눈에 썩 마음에 드는 친구가 발견되지는 않는다. 다른 날 같았으면 일찍 종료 버튼을 눌렀겠지만 오늘은 좀더 찬찬히 살펴보기로 한다. 사이트에 올린 지원자들 이력서에서 개성을 발견하기란 어렵다. 다들 두어 줄로 자신의 나이와 출신 고등학교, 현재 다니고 있는 대학교며 근무 가능한 요일과 시간을 적어놓고는 성실한 학생이며 약속시간을 잘 지키고 맡겨만 주시면 열심히 일하겠다는 등의 천편일률적인 내용들을 쭉 나열해놓았다. 이미 그러한 이력서는 수백 통을 읽어보았다. 사실 이력서에서 기술된 자기소개서를 기준으로 스태프를 뽑지는 않는다. 그저 지원자들이 시간당 6,000원에 팔 자신들의 스케줄과 극장이 원하는 스케줄이 서로 맞으면 그뿐이다. 성별이며 외모, 학력이나 출신, 경력 따위 등은 전혀 고려하지 않으니 어찌 보면 공정한 채용이다.

오늘의 마지막 지원자가 내가 원하는 화요일과 목요일 오후 근무가 가능하다고 기술했다. 재빨리 이력서 상세 보기 배너를 클릭한다. 보통 한 문단을 넘어가지 않은 다른 이들과 달리 페이지 하나가 모자랄 정도이다. 이 친구는 우리 극장에서 일하고 싶은 이유에 대해 평소 영화에 관심이 많으며 이에 대한 증거로 그동안에 본 영화의 관람평을 한 편도 빼놓지 않고 자신의 SNS에 올려놓았다고 서술했다.

이것의 사실 유무 따위는 중요하지 않다. 근무 스케줄이 맞으니 기재해놓은 연락처에 전화를 걸어 면접일자를 잡으면 그만이다. 지금이 한창 업무에 쫓기고 있을 극장 3층의 직원 사무실이었다면 그리했을 것이다. 그러나 지금은 왕십리와 회험동의 중간에 자리한 낯선 카페에서 시간을 죽이는 중이다. 그 친구가 이력서에 기술한 내용의 진위 여부를 확인할 수 있는 시간은 충분하다.

접속해보니 과연 삼 년 전부터 엊그제까지 자신이 관람한 영화를 나름 자신이 세운 기준에 근거하여 백분위 단위로 점수까지 부여하며 평을 적어놓았다. 그 수가 무려 오륙십 편에 이르렀으니 매주 한 편 이상 영화를 관람했다는 계산이 나온다. 정작 극장에서 근무하는 나보다 많은 관람 횟수이다. 점장의 지시에 따른 의무적인 시사회 참석 외에는 천만 관객이 들었다는 대작도 상영관 밖에서 관람객 수를 체크하느라 놓치곤 했다.

반드시 이 친구를 뽑아야겠다는 결심이 생긴다. 영화를 사랑하는 열정이 우리 극장에서의 성실성과 연결될 것이라는 믿음에 의한 것은 아니다. 왠지 나보다 한가로운 스케줄을 가진 그 친구를 골탕 먹이고 싶다는 짓궂은 생각이 든 까닭이다. 특근을 들먹이며 자주 근무 요일 외에도 불러내어 그 친구의 주간 스케줄을 짓밟고 싶다. 그게 그리 어려운 일이 아닐 거라는 생각이 든다. 시급을 몇 백 원 올려주면 분명 그 친구는 자신의 귀한 스케줄을 기꺼이 내놓을 것이다.

이런 속셈도 모르고 그 친구는 면접 제의에 흔쾌히 응한다. 그토록 골치를 썩였던 D35 감방 죄수의 신병을 드디어 확보한다. 홀가분한 마음으로 자리에서 일어서려 하지만 핸드폰의 시계는 아직 집에 돌아가기에는 이른 시간이 아니냐며 넌지시 귀띔을 해준다. 선뜻 수긍하며 다시 자리에 앉는다.

잠시 허공에 매달린 샹들리에를 바라보다가 방금 전에 접속했던 SNS에서 아는 사람들의 이름을 하나씩 검색해본다. 가입조차 안 했거나 했어도 하얀 여백만 보여주는 친구가 있는가 하면 시시콜콜하게 어제 남편에게 차려준 저녁 반찬까지 사진을 찍어 올리는 등 왕성한 활동을 하는 친구들도 있다. L은 최근 몇 개월 동안 온통 여자친구와 데이트를 하며 찍은 사진으로 도배를 해놓았다.

불현듯 그녀의 SNS에도 들어가보기로 한다. 작년 말 내게 이별을 고한 옛 애인. 아직 그녀의 근황을 궁금해 해본 적은 없다. 다만 오늘은 칵테일의 독한 알코올 때문인지 그녀가 떠오른다. SNS에 올라간 글들을 보니 그녀는 행정자치부에서 일하는 남자를 몇 달 전에 만나서는 조만간 결혼식을 올릴 예정이다.

하긴 그녀는 연봉 이천만여 원에 불과한 극장 슈퍼바이저의 애인이 되기에는 아까운 여자였다. 떠나보내길 잘했다는 뿌듯함이 밀려온다. 종료 버튼을 누르고 온통 장밋빛으로 가득 찬 그녀의 SNS에서 빠져나온다. 얼마 전 백화점에서 예비 남편이 사주었다는 연보라색 카디건이 머릿속에 남는다. 댓글을 단 친구들의 말을 빌리자면 족히 백만 원은 넘는 명품 브랜드라고 한다. 내가 2주 동안의 스케줄을 몽땅 극장에 바쳐야만 얻을 수 있는 물건이다.

익숙한 스케줄

비틀거리는 걸음으로 언덕길을 오른다. 이제 몇 발자국만 더 내디디면 나만 빼고 즐거운 가족들이 기다리는 집에 도달한다. 바지 뒷주머니에서 핸드폰이 요란하게 울린다. 번호를 확인하니 점장이다. 그동안 한 번도 전화 연락을 준 적이 없는 분이기에 일순 흐려졌던 초점이 또렷해진다. 짧게 심호흡을 하고는 전화를 받는다. 그 어느 때보다 오늘 우리 동네 골목길은 고요하기만 하다.

"미안하네만 다시 좀 나와줘야겠어."

그의 말하는 억양이 마치 스태프가 근무 스케줄을 펑크 냈을 때에 이를 수습하고자 급하게 섭외 전화를 돌리는 나와 많이 닮았다. 이렇게까지 의기소침해진 점장의 목소리를 언제 다시 들을 수 있을까 감격스럽기까지 하다. 선뜻 알겠다고 답하고는 통화를 끝낸다.

그런데 슬며시 화가 치밀어 오른다. 집이 코앞에 이르렀는데 다시 직장으로 복귀해야 한다는 불만감이 폭발한 것이다. 그래도 발걸음은 이미 지하철역이 자리한 큰길 쪽으로 방향을 튼다. 이제라도 잘된 일인지 모른다. 오늘 스케줄은 역시 오후 3시부터 밤 12시까지 극장 사무실과 매표소를 지키는 것이다.

등 뒤에서 낯익은 남녀의 목소리가 귓가에 닿는다. 남자는 잘난 내 동생임이 틀림없다. 어색한 시간에 어색하게 부딪치는 게 싫어 황급히 몸을 감출 만한 곳을 찾는다. 다행히 대문 앞에 삐딱하게 주차해놓은 통장님의 낡은 트럭이 눈에 들어온다. 초라한 내 한 몸 감추기엔 더없이 넉넉한 곳이다.

동생은 휘날리는 긴 생머리가 매력적인 아가씨와 다정하게 손을 맞잡고 수다를 떨며 트럭 옆을 지나친다. 동생과 어깨를 나란히 하는 훤칠한 키도 돋보이고 까만 스타킹으로도 감출 수 없는 짧은 미니스커트 아래의 탄탄한 허벅지도 눈길을 끈다. 결국 나는 이렇게 오늘 제수씨가 될 여자를 만나는 스케줄을 소화하고 말았다. 물론 그녀는 장래의 시아주버니를 만나겠다는 스케줄을 완수하지 못했지만.

그들은 등 뒤에서 내가 지켜보고 있다는 사실을 전혀 모른 채 점점 내게서 멀어져간다. 잠시 후 극장으로 향하기 위해 걷게 될 그 길로. 멀리서도 명품임이 드러나는 제수씨의 연보라색 카디건이 어둑한 골목에서 빛을 발한다.

영화감독

2016년 9월

판타스틱한 스케줄

나는 상관없었지만 투자자와 제작사는 유하의 갑작스러운 결혼 발표를 문제 삼았다.

"아무리 청춘영화라도 꼭 여주인공이 미스일 필요는 없지 않습니까?"

이렇게 따져도 이들은 유하의 결혼이 영화 흥행에 악영향을 미칠 것을 염려했다. 하는 수 없이 나는 유하에게 이번 영화에서 하차해야 한다고 통보했다.

"미안해. 그리고 결혼 축하해."

"저야말로 죄송해요. 저 아니었으면 개봉이 훨씬 앞당겨졌을 텐데요."

"고작 일 년 늦어지는데 뭘."

그렇게 내 두번째 장편영화 〈Let's play lady〉는 여주인공을 교체해서 다시 촬영에 들어갔다. 그리고 오늘 저녁에는 남녀가 카페에서 오붓하게 데이트하는 장면을 촬영했다. 장소는 내가 자주 들르곤 하는 왕십리와 회험동을 잇는 중간쯤에 위치한 고급 카페였다. 북유럽 신화에 등장하는 신들의 이름을 붙인 메뉴로 유명한 아스가르드.

웨이트리스의 도움으로 촬영은 순탄하게 이루어졌다. 촬영을 마치고 제작진을 모두 보내고 나서 나는 홀로 무닌 칵테일을 즐겼다.

"아무래도 오늘 슈퍼바이저 손님께서 오실 것 같은데요."

웨이트리스가 계산을 하려는 나에게 말했다.

"아, 오늘이겠군. 그럼 칵테일 한 잔 더 계산해주십시오."

그녀는 말없이 두 잔 값을 결제해주었다.

그 친구의 무료한 시간을 칵테일이 잘 달래주기를 바란다.

여섯번째 메뉴

토르 비어

(Thor Beer)

'토르'는 천둥이라는 뜻을 지닌 게르만어로 북유럽 신화에 등장하는 붉은 턱수염을 가진 위대한 전사다. 그는 '묠니르'라는 이름의 망치를 들고 다닌다. 그것은 표적을 향해 정확히 날아가서 맞춘 후 다시 주인인 토르의 손으로 되돌아오는 신비한 능력을 가졌다. 토르는 묠니르를 사용하여 아스가르드를 괴롭히는 거인들을 물리쳤다. 그들에게 있어서 토르는 실로 공포의 대상이었다.

그런 그가 한국 프로야구에 나타났다. 그의 이름이 붙은, 거품이 없는 독특한 맥주를 즐겨 마시는 슈퍼키즈 팀의 선수 최성혁. 바로 나이다.

홈런왕

2015년 10월

토르라 불리는 사나이

팬들이 '토르'라는 별칭을 붙여준 것은 작년 프로야구 정규시즌이 시작되면서부터이다. 슬러거보다는 호타준족에 가까운 체격에도 나는 다섯 타석에 한 번은 좌익수나 우익수 옆을 꿰뚫는 깊숙한 외야 안타를 만들어냈다. 열 타석에 한 번은 외야수가 그저 멀거니 쳐다봐야만 하는 구장 펜스를 훌쩍 넘기는 대형 홈런을 쳐냈다. 관중은 그런 내게 열광하며 팬이 되기를 주저하지 않았다.

내가 사용하는 배트에 'Mjollnir'라는 영문 글씨가 새겨졌다는 걸 처음 발견한 어느 중년 남성 팬이 그것이 바로 북유럽 신화에 등장하는 토르라는 신의 무기라는 걸 확인하고는 팬카페에 올리면서부터 '토르'라는 별칭이 퍼져 나가게 되었다. 이제 스포츠 일간지의 헤드라인 기사나 나를 응원하는 관중의 치어

풀에는 최성혁이라는 본명 대신에 토르라는 이름만 찾아볼 수 있다.

그녀와 약속을 잡은 시간은 10월의 어느 한가로운 오후였다. 플레이오프에 진출하지 못한 팀의 선수는 내년 전지훈련을 대비하며 휴식을, 플레이오프 진출 팀은 한창 한국시리즈 진출을 위해 치열하게 싸우는 중이었다. 반면에 한국시리즈에 직행한 우리 팀 선수들은 이달 말에 다시 경기가 펼쳐지기 전까지 비교적 자유로운 시간을 보냈다.

그래서 나도 정규시즌을 치르느라 바빠서 가보지 못했던 카페 아스가르드에 모처럼 들르게 되었다. 언제나처럼 웨이트리스는 상냥한 미소로 반기며 주문하지 않았는데도 내가 즐겨 마시는 토르 비어를 대령했다. 거품이 없다는 점과 나무로 만든 잔에 담겨 나온다는 특징을 지닌 이 맥주는 청량감 하나만큼은 끝내준다.

핸드폰의 시끄러운 벨소리가 실내에 감미롭게 맴도는 클래식을 물리친다. 발신자를 확인하니 모르는 번호이다. 이거 또 인터뷰 섭외 전화 아니야? 불안함을 느낄 땐 주저 없이 종료 버튼을 눌렀지만 이번 전화는 왠지 모르게 받고 싶은 기분이 들었다.

"안녕하십니까? 저는 매일스포츠의 한미란 기자라고 합니다."

아, 역시나 인터뷰 섭외 전화였어. 어, 그런데 매일스포츠의 야구 담당 기자는 하이톤을 자랑하는 젊은 여성이 아니라 허스키 목소리의 아저씨였다.

"아, 허영섭 선배님은 연예부로 자리를 옮기셔서 대신 제가 야구를 담당하게 되었습니다."

그러면서 한 기자는 정중하게 잠시만 시간을 내서 자신과 만나줄 것을 요청했다. 분명 지난주 정규시즌 마지막 경기에서 내가 스퀴즈 번트를 감행한 사건을 물어보리라.

그런데 한미란, 한미란……. 어딘가 낯익은 이름이다. 그녀를 분명 어디선가 만난 것 같은데. 이러한 궁금증이 나를 그녀의 인터뷰에 응하게 만들었다. 만나서 그녀의 정체를 확인하고 싶었기에.

"그러면 제가 있는 곳으로 오시겠습니까? 여기가 어디냐면, 왕십리에서 회현동으로 넘어가는 도로 중간쯤에 보면 은행 옆에 고급스러운 이층짜리 건물이 있는데요."

"아, 아스가르드 카페요? 거기 알아요. 그럼 한 시간 후에 그곳에서 뵙도록 하겠습니다. 감사합니다."

한 기자는 내가 인터뷰에 응해준 것이 무척이나 신났는지 한층 격앙된 목소리로 자기 할 말만 후다닥 하고는 서둘러 전화를 끊었다. 그런데 이곳을 어떻게 아는 거지? 전에 와본 적이 있었나?

아니면 혹시 그녀를 이곳에서 만났나.

스퀴즈 번트

지난주 금요일에 안산 구장에서는 한국 프로야구사에 한 획을

굿는 이정표가 달성될 뻔했다. 올해 프로야구 정규시즌 마지막 경기를 앞둔 가운데 슈퍼키즈의 간판 타자였던 나는 전날까지 56개의 홈런을 때리며 이제까지 갱신되지 않은 이승엽 선수의 아시아 프로야구 시즌 최다 홈런 기록과 타이기록을 이뤘다. 이번 경기에서 내가 하나만 더 펜스 밖으로 공을 넘긴다면 그가 지난 십여 년간 보유했던 타이틀은 이제 내 차지가 되는 것이었다.

이런 중요한 경기이기에 여러 스포츠 일간지의 야구 담당 기자들은 죄다 안산 구장으로 몰려와 기자석을 차지했다. 내후년에 FA로 풀리는 나한테 벌써부터 관심을 보이는 미국 메이저리그와 일본 프로야구의 스카우트 담당자들도 VIP석에 하나둘 자리했다. 방송사 리포터와 카메라맨은 진작부터 양 팀의 더그아웃을 쉴 새 없이 오가며 마이크와 카메라를 선수들에게 들이댔다. 과연 최성혁 선수가 오늘 경기에서 신기록을 달성할 수 있을까요?

외야 관중석을 가득 메운 관중들은 너 나 할 것 없이 글러브나 잠자리채를 손에 들었다. 나의 57호 홈런볼이 경매 시장에서 2~3억 원에 거래될 것이라는 감정가가 발표된 직후부터 흔히 볼 수 있는 광경이었다. 그런데 9회 말까지도 일확천금을 안겨줄 값진 보물은 그 누구의 글러브나 잠자리채 속으로도 들어가지 못했다. 왜냐하면 이전 타석까지 내가 3타수 무안타로 부진했기 때문이다. 더구나 앞 타석에서는 속절없이 스탠딩 삼진을 당했다.

"야, 그냥 치기 좋은 공으로 하나 던져. 어차피 니들은 오늘 이겨봐야 꼴찌잖아."

관중들은 시합 내내 나를 상대하는 투수에게 고래고래 욕설과 고함을 날렸다. 하지만 상대 투수들은 이를 모두 이겨내고 마운드에서 자신의 소임을 다했다. 결국 관중의 분노는 하늘을 찌를 정도로 높아졌다. 급기야 세번째 타석에 들어선 나를 아웃시킨 투수에게 물병과 빈 캔이 날아들기도 했다.

9회 말 원 아웃 상황에 고교 후배이기도 한 동료 우익수가 큼지막한 안타를 쳐내며 3루타를 만들어냈다. 그러자 한동안 침울하였던 관중석의 분위기는 이내 후끈 달아올랐다. 다음 타자는 바로 나였다.

"토르, 토르, 토르!"

"홈런, 홈런, 홈런!"

지금 이 순간 나는 구장을 가득 메운 관중뿐 아니라 TV 앞에서 이 광경을 지켜보고 있을 시청자의 바람을 반드시 들어줘야만 했다. 홈런. 하지만 상대 마무리 투수의 공은 너무도 위력적이었고 평소와 달리 내 심장은 지나치게 쿵쾅거렸다. 잘못했다가는 이번 타석도 속절없이 물러나야 할 상황이었다. 그럼 안산 슈퍼키즈는 올해 정규시즌 우승을 놓치면서 한국시리즈 직행에 실패한다.

이런 생각에 잠겨 있는 사이 연달아 들어오는 빠른 직구들을 놓치면서 투 스트라이크에 몰렸다. 상대 투수로서는 될 대로 되란 식의 배짱 투구였다. 공이 내 배트에 부딪친 뒤 펜스로 날아가면 관중에게 욕 안 먹어서 좋고, 그대로 포수 미트에 빨려들어가면 감독한테 욕 안 먹어서 좋고. 이런 홀가분한 마음이 연속 스트라이크를 잡아내는 원동력이 되었는지 모른다.

그런데 이제 투수도 마지막 승부를 걸어야 했다. 다시 한 번 빠르지만 정직한 직구를 던질 것이냐 아니면 헛스윙이나 땅볼 유도를 위해 낮은 슬라이더를 던지느냐. 나도 승부를 걸어야 했다. 어떻게든 배트에 공을 갖다 맞추며 3루 주자를 홈으로 불러들일 것이냐, 아님 홈런을 기대하며 큰 스윙을 가져가느냐?

이윽고 결심을 굳힌 나는 3루 베이스의 동료에게 사인을 보냈다. 3루수가 눈치채지 못하게 리드 폭을 크게 하라는 신호였다. 그는 어리둥절한 표정을 지으면서도 이내 내 말을 따랐다.

상대 투수가 힘차게 와인드업을 하며 세번째 공을 던졌다.

딱!

공과 배트가 조우하면서 만들어낸 둔탁한 소리가 구장 안에 경쾌하게 울려 퍼졌다. 이와 동시에 모든 사람들의 시선이 일제히 허공으로 향했다. 그러나 그 어디에도 한국 프로야구의 새 역사를 쓸 상징물은 보이지 않았다. 대신 평범한 KBO 공인구 하나가 힘없이 투수 옆으로 구르고 있었다. 스퀴즈 번트였다.

동료 우익수는 당황하면서도 곧바로 홈베이스로 쇄도했다. 전혀 예상치 못한 나의 작전에 투수는 황급히 공을 집어 포수에게 던지려 했지만 이미 늦은 뒤였다. 대신 그는 나를 아웃시키기 위해 1루로 공을 던졌다. 나는 있는 힘을 다해 1루로 달려서 베이스에 다다를 즈음 헤드퍼스트 슬라이딩을 감행했다. 공은 그제야 1루수의 글러브에 도착했다. 세이프였다.

3대 2, 한 점 차로 슈퍼키즈가 승리하면서 정규시즌 우승은 물론 한국시리즈 직행 티켓을 차지했다. 내야 관중석에서 일제히 이를 축하하는 축포가 터졌다. 그런데 우리 팀의 더그아웃 앞에서는 이상한 광경이 펼쳐졌다. 동료와 얼싸안으며 승리의 기쁨을 만끽하는데 그런 내게 관중석에서 던진 물병과 오물이 날아들었다. 아마 홈런 신기록의 달성 기회를 스스로 차버린 나에 대한 분노가 잔뜩 담겨 있으리라.

그럼에도 나는 기쁨을 표출하는 데 주저하지 않았다. 동료들이 복잡 미묘한 심경으로 그런 나를 멍하니 바라보았다.

"다들 표정이 왜 이 모양이에요? 우리가 이겼다고요. 한국시리즈에 진출한다니까요."

기자들과 카메라맨들이 서서히 나를 에워싸기 시작했다. 물론 대체 내가 왜 그런 짓을 저질렀는지 알아내기 위함이었다. 나는 어떠한 질문에서도 속 시원한 대답을 들려주지 않았다. 그저 팀이 이겨서 기쁘다는 소감만 간략하게 밝혔다.

그러다 보니 수많은 일간지의 기자들이 이후에도 진상을 알고자 내게 계속 인터뷰를 요청했다. 나는 번번이 이를 거절했다. 그러다 마침내 매일스포츠의 한미란 기자에게 처음으로 인터뷰를 승낙해준 것이다.

그녀와 나의 첫 인터뷰

한 기자는 약속했던 한 시간이 흘렀는데도 카페 아스가르드에 모습을 보이지 않았다. 대신 그동안 토르 비어를 두 잔 더 비웠다. 그리고 요새 한창 인기 절정인 아이돌 가수 겸 탤런트 유하의 데이트 현장을 목격하고 말았다. 그녀는 지극히 평범해 보이는 어떤 직장인과 애플주스를 마시며 오붓한 대화를 나누었다. 웃음이 떠나지 않는 유하의 모습이 무척이나 행복해 보였다. 부러웠다.

마침내 삼십 분이 더 흘러 황갈색 문에 달린 종을 요란하게 울리며 한미란 기자로 추정되는 여자가 안으로 들어왔다. 그녀는 잠시 두리번거리다가 나를 발견하고는 빠른 걸음으로 다가왔다. 그런데 그녀는 맞은편에 앉자마자 인사도 없이 내 앞에 놓인 맥주잔을 자신의 입으로 가져가서는 그대로 꿀꺽꿀꺽 시원하게 들이켰다.

"에이, 먼저 마시지 말라니까. 여기 저도 토르 비어 한 잔만 주세요."

"저, 혹시…… 한미란 기자님?"

"기자 그만둔 지가 언젠데. 근데 웬 갑자기 존칭? 혹시 뭐 나한테 잘못한 거 있어?"

나에게 마치 애인처럼 스스럼없이 구는 그녀의 태도에 나는 당혹감을 감출 수 없었다. 원래 요새는 이렇게 인터뷰를 진행하나? 아님 이 여자가 지금 사람을 착각하고 있나?

"갔다 올 동안에 예식장 어디로 할지나 생각하고 있어."

그녀는 들고 온 에코백에서 웨딩전문 잡지를 꺼내 내게 툭 던지고는 화장실로 사라졌다. 저 여자와 결혼까지 약속했단 말이야? 이 어처구니없는 상황이 도무지 이해가 안 되어 그저 멍하니 화려한 샹들리에가 달린 천장만 바라보았다.

"오딘의 장난에 걸려든 모양이군요."

한 시간 전부터 들어와 브라기 테이블의 맞은편에서 와플을 먹으며 열심히 노트북에 무언가를 타이핑 하던 젊은 남자가 이렇게 말을 붙였다.

"그분이 장난을 칠 때면 당신처럼 미래의 인연을 눈앞에서 만나곤 한답니다. 저도 여러 번 겪었는걸요."

갑자기 한미란 기자를 언제 처음 만났는지가 떠올랐다. 삼 년 전 그녀와 내가 첫 인터뷰를 할 때였다. 그녀는 기자로서, 나는 선수로서······.

무명선수

2012년 10월

빅토리스 유니폼을 입고

짐을 챙겨서 구단 숙소를 나온 뒤 정처 없이 걸었다. 어제를 끝으로 프로야구 역사의 무대에서 사라진 빅토리스 프로야구 팀의 유니폼을 입고서 말이다. 이제 무얼 해야 하나? 여태껏 야구밖에 모르고 살았는데. 정말 이렇게 그라운드와 아쉬운 작별을 해야 하나? 별별 생각을 다하며 걸으니 목동에서 왕십리까지 순식간이었다.

다리도 아프고 목도 컬컬하여 들른 곳이 꽤나 근사한 고급 카페였다. 이름은 아스가르드. 요란하게 종을 울리며 황갈색 문을 열고 안으로 들어갔다.

가까운 테이블에 주저앉아 배트 케이지를 내려놓고는 잠시 주위를 두리번거렸다. 곧 예쁘장한 외모의 웨이트리스가 상냥하게 웃으며 다가왔다.

"아스가르드에 오신 걸 환영합니다. 여기서는 손님의 아름다웠던 과거와 밝은 미래만을 볼 수 있기를. 무엇을 드릴까요?"

"저기……."

무얼 주문해야 할지 몰라 고민하고 있는데 건너편에서 나무잔에 담긴 맥주를 다정하게 마시는 커플이 눈에 들어왔다. 그래, 아직 이른 시간이지만 시원한 맥주도 괜찮지.

"저거 주십시오."

나는 커플을 가리켰고 이내 웨이트리스는 알겠다는 듯 고개를 끄덕였다.

잠시 후, 웨이트리스는 맥주를 가져다주었다. 토르 비어라는 이름까지 알려주고는 카운터로 물러갔다. 가만히 살펴보니 이 맥주는 신기한 점이 하나 더 있었다. 그건 바로 거품이 없다는 것이었다. 낯선 맥주라 다소 주저했지만 이내 입으로 가져갔다. 캬, 청량감 하나는 끝내줬다.

갈증도 해소되고 다리 아픈 것도 어느 정도 풀리니 다시금 우울함이 마음속으로 파고들었다. 조금만, 조금만 더 기다려주면 펜스 밖으로 공을 펑펑 넘기는 홈런왕이 될 자신이 있었는데……. 왜 운명의 여신은 이런 날 기다려주지 않는 걸까? 아님 애초에 난 이렇게 될 수밖에 없는 운명이었나?

이럴 때에 하이톤을 자랑하는 젊은 여성의 목소리가 귓가에 들렸다.

"안녕하세요. 매일스포츠의 한미란 기자라고 합니다. 이렇게 직접 만나게 돼서 영광입니다, 최성혁 선수."

그녀는 환한 미소와 함께 가벼운 목례를 하고는 맞은편으로 가서 앉았다. 나는 당황함과 놀람이 골고루 양념된 표정으로 그녀의 얼굴을 빤히 쳐다보았다.

"기자님께서 왜 절……."

"그야 오늘 인터뷰하시기로 저와 약속하셨으니까요."

"제가요? 뭔가 착오가 있으신 모양인데……."

그녀는 일그러지는 표정을 짓다가 나와 시선이 마주치자 재빨리 미소로 고치는 모습을 내게 들키고 말았다.

"귀한 시간 내주신 거 고맙게 여기고 있습니다. 최대한 빠르게 어제 경기 위주로 질문하도록 하겠습니다."

아, 어제 경기 때문에 날 찾아왔구나! 그거라면 기자가 날 찾아온 이유가 이해되었다. 어제 내 홈런으로 올해 가장 강력한 우승 후보였던 워리어스의 한국시리즈 직행이 가로막혔으니…….

"그럼 들던 맥주 마저 마시고 시작하시죠. 아, 기자님도 한잔 하시겠습니까?"

"아닙니다. 전 괜찮습니다."

"그래도 제가 사는 것이니 한 잔 드십시오. 어쩌면 제 생애 처음이자 마지막으로 인터뷰를 해주시는 분이 될지도 모르는데."

"네?"

나는 웨이트리스를 불러 토르 비어를 한 잔 더 주문했다. 그리고 그녀가 어느 정도 맥주를 비우자 슬슬 내가 어제 그라운드 홈런을 날렸던 과정을 풀어냈다.

그라운드 홈런

8회 말이 끝났다. 우리 팀의 중견수가 역전 홈런이 될 뻔한 공을 캐치하고 나서는 그만 펜스에 부딪혀 어깨를 다치고 말았다. 그는 자신과 함께 팀의 외야를 책임지던 우익수의 부축을 받으며 더그아웃으로 돌아왔다. 그런 그의 등 뒤로 차마 입에 담지 못할 홈팀 관중의 욕설이 날아왔다. 중견수는 덤덤한 얼굴로 의무실로 향했다.

중견수로 인해 전광판에서 상대팀 워리어스의 스코어는 '3'으로 바뀌지 못하고 3회 말부터 계속 '2'에 머물렀다. 관중들이 더욱 속상했던 건 우리 팀의 스코어도 역시 '2'라는 것이다. 올 시즌 상대 전적 18승 1패로 만나기만 하면 패배를 밥 먹듯이 했던 우리 팀이 워리어스의 정규시즌 우승을 눈앞에 둔 경기에서 이상하리만큼 분전하여 홈 관중들의 애간장을 한껏 태웠다.

9회 초가 시작되자 타석에 내가 들어섰다. 부상당한 중견수와 포지션이 같다는 덕을 본 것이었다. 이번 이닝을 마무리하기 위해 워리어스에서는 내년 시즌부터 일본 프로야구에서 활약할 예정인 초특급 마무리 투수를 내보냈다. 그는 자신을 순순히 일본으로 보내준 팀에 감사를 표하고자 제 손으로 팀의 한국시리즈 우승을 달성하고 싶어 했다. 그런데 뜻하지 않은 복병, 빅토리스가 현재까지 자신과 팀의 발목을 붙들고는 놓지 않았다.

투수는 워리어스의 외야수들에게 손가락으로 사인을 보냈다. 외야수들이 일제히 펜스에 찰싹 달라붙는 수비 자세를 취했다. 비록 내가 이 투수를 상대로 통산전적 5타수 무안타라는 처참한 기록을 작성하였지만 번번이 그의 투구를 받아쳐 펜스 깊숙한 곳에 떨어지는 외야 플라이를 만들어내곤 했다. 투수는 이번에도 그런 식으로 나를 타석에서 끌어내리고 싶었는지도 몰랐다. 외야수의 수비 위치 변경에도 불구하고 상대팀의 감독은 송구 능력이 좋은 올해 신인으로 우익수를 교체했다. 내가 가끔 큼지막한 안타를 쳐내도 2루 베이스에서 곧잘 죽곤 했는데 그것까지 염두에 둔 모양이다.

사실 나는 발이 느리지 않았다. 다만 장타를 때려도 꼭 공이 펜스를 넘어가는지 여부를 확인하고 난 다음에야 뛰었다. 야구를 시작하면서부터 생긴 일종의 버릇이었다. 열심히 주루 플레이를 했으면 너끈히 3루타를 만들어낼 수 있는 안타에도 불구하고 2루 베이스 근처에서 아웃되는 경우도 이런 이유 때문이다. 슬러거로서 승승장구하던 고교 시절에야 그런 어이없는 아웃보다 타구를 펜스 밖으로 넘긴 경우가 많았으니 괜찮았다.

프로에서 뛰면서 이건 객기가 되었다. 내가 때린 공은 번번이 펜스를 넘기지 못하고 몇 발자국 앞에서 떨어졌다. 마치 자신의 타구만을 막아내는 보이지 않는 벽이 펜스를 따라 쭉 둘러쳐진 느낌이었다. 아웃 되는 횟수가 늘어나고 이에 비례하여 나의 타율은 곤두박질치기만 했다. 겨우 1군으로 올라왔을 적에도 나의 타율은 1할이 채 되지 못했다. 빅토리스의 모 기업이 재정 악화로 팀의 주축 선수들을 대거 트레이드 시장에 내놓지만 않았더라면 도저히 1군으로 올라올 수 없는 데이터였다.

평소에 이를 답답히 여기던 나의 고교 후배는 곧잘 잔소리를 늘어놓곤 했다. 그래도 나는 언제나 천하태평이었다.

"형! 왜 안 뛰어?"

"홈런인 줄 알았지."

"치고 나면 일단은 무조건 달리는 거 몰라. 그래야 안타라도 만들지. 팀은 홈런 한 번 치고 아홉 번 삼진당하는 타자보단 한 번 아웃 되어도 아홉 번 안타를 친 선수를 더 알아준다고."

"아아, 이의를 제기합니다. 최희섭이나 김동주는 타율이 좋아서 팀의 간판 타자냐? 팬들이 환호하고? 홈런을 펑펑 터뜨리니까 그러는 거야."

"하나라도 얼른 쳐서 형수님한테 프러포즈나 하시지요. 대체 국수는 언제 먹여줄 겁니까?"

워리어스의 투수가 힘찬 투구 동작과 함께 공을 던졌다.

"스트라이크."

첫 구는 다소 느린 직구였다. 심판이 오늘따라 나에게만 유독 스트라이크를 크게 외치는 것 같다는 생각이 들었다.

"파울."

2구는 빠른 커브볼이었다. 심판의 성량은 조금 전과 다를 바없었다. 이제 투 스트라이크 노 볼의 상황, 관중은 일제히 일어나 박수를 치며 삼진을 외쳤다. 투수는 아웃을 확신하는 회심의 미소와 함께 힘차게 와인드업을 했다. 투수가 이번에 던진 공은 캐논볼이었다. 자신과 상대한 수많은 타자들을 감독과 동료의 원망으로 몰아넣은 주무기인 묵직하면서도 빠른 직구였다.

나는 이번 공이 캐논볼일 것이라는 사실을 알았다. 기껏 때려봐야 투수 앞 땅볼에 그칠 것이다. 공은 투수 앞으로 힘없이 굴러간 뒤 투수의 손을 거쳐 1루수에게 전달되겠지. 내 눈에서 한 줄기 눈물이 흘렀다. 상대가 어떻게 날 죽일지 알고 있는데 순순히 그의 계획대로 죽어야만 하는 내 신세가 너무 서글퍼서였다.

내가 후배의 진심 어린 충고에도 이를 무시하고 홈런에 집착한 이유는 여자친구와의 약속 때문이다. 그녀는 대학 시절부터 사귄 나의 오랜 연인이었다. 1군으로 올라가라는 통보를 2군 감독으로부터 전해들은 다음 날, 나는 그녀를 빅토리스 팀의 더그아웃으로 데리고 왔다. 나는 신이 나서 더그아웃 이곳저곳을 그녀에게 보여주었다.

"김 감독님은 이곳에서 늘 선글라스를 끼신 채 과묵한 얼굴로 앉아 계시지. 여기서는 강림이 형이 아웃 될 때면 애꿎은 방망이를 두들기고 저기서는 태환이 형이 고래고래 고함을 지르며 응원을 해. 나도 다음 경기부터는 저곳에서 타순이 돌아오기를 기다리며 몸을 풀 거야. 이제 방송에도 나올 거야. 그러니까 꼭 경기 봐야 돼."

"방송에도 나오는구나. 잘됐네."

"1군에 올라왔으니 예전처럼 홈런 펑펑 날려서 이대호나 최희섭보다 유명해지고 연봉도 수십 억씩 받아서 너랑 행복하게 살 거야."

나는 그날 밤 텅 빈 더그아웃에서 그녀와 굳은 약속을 했다. 1군 무대에서 첫 홈런을 치는 날 너에게 멋진 프러포즈를 할 것이라고. 그러니 그때까지 조금만 더 기다려달라고. 그 순간이 금방 찾아올 것만 같았다. 하지만 1군은 2군보다 더 녹록치 않은 곳이었다. 길고 지루할 것만 같았던 정규시즌 일정도 어느새 막바지로 접어들고 있었다. 여전히 나는 홈런 0개에 타율은 고작 1할 2푼 8리의 꼴찌 팀 백업 선수에 불과했다.

난 그녀와 한 약속을 아직 지키지 못했다. 그런데 이번 타석을 끝으로 영영 그라운드를 떠나야만 한다. 재정 악화를 견디다 못한 빅토리스 팀은 올해 연말까지 인수할 기업이 나타나지 않으면 팀을 해체한다고 발표했다. 그런데 올해가 얼마 남지 않은 이 시점까지 인수 기업은 나타나지 않았다. 1군의 주축 선수들이야 웨이버로 공시되면 다른 팀에서 계속 활동할 수 있겠지만 나 같은 무명 선수들은 속절없이 옷을 벗어야 했다.

슬슬 올 시즌 플레이오프 진출 팀의 윤곽이 가려질 무렵 그녀는 내 곁을 떠났다. 그라운드에서의 홈런 대신 주식과 펀드에서 연일 홈런을 치는 남자를 택했다. 나는 감히 그녀를 붙잡지 못했다. 조금만 더 기다려달라고 말하는 것은 너무 염치가 없었다.

첫 홈런과 함께 프러포즈를 하며 그녀와 행복하게 살겠다는 나의 꿈은 사랑하는 사람을 눈앞에 두고 물거품이 되어 사라졌다는 어느 동화 속 주인공의 그것과 다르지 않았다. 지금 매서운 속도로 공기를 가르며 날아오는 캐논볼이 이를 말해주려 했다. 나는 타석에 들어서기 전 터져 나오는 울음을 참기 위해 입안에 잔뜩 집어넣은 알사탕을 지그시 깨물었다.

딱!

공이 배트에 부딪치는 소리가 온 구장에 울려 퍼졌다. 관중과 양 팀 선수들은 일제히 마운드로 시선을 집중했다. 이들이 예상한 장면은 언제나처럼 마운드를 향해 구르는 공을 투수가 집어 1루수에게 던지는 것이었다. 그런데 투수는 허탈한 표정으로 우측 외야를 쳐다보았다. 다들 일제히 그곳으로 고개를 돌렸다. 내가 때린 공은 우익수의 키를 훌쩍 넘긴 다음 펜스 끝을 향해 힘차게 굴러가고 있었다. 투수로서는 참으로 오래간만에 얻어맞는 큼지막한 안타였다.

우익수는 펜스 근처에서 가까스로 공을 잡은 뒤 곧바로 2루 베이스로 송구했다. 우익수는 자신의 진가를 발휘할 좋은 기회라고 여기는 듯했다. 비록 타격은 형편없었지만 송구 능력은 고교 내에서 톱이라는 명성을 얻어 당당히 명문팀 워리어스에 입단한 재원이었다. 하지만 우익수의 송구 능력도 소용없었다. 나는 벌써 3루 베이스에 다다른 상황이었다. 역전의 발판을 마련할 3루타가 만들어지는 순간이었다. 하지만 나는 거기서 멈추지 않았다.

일순 관중석이 술렁거렸다. 양 팀 더그아웃의 선수들과 코치
진도 마찬가지였다. 난 3루 베이스 코치의 제지도 무시하고 그
대로 좌측으로 몸을 틀었다. 그리고 곧장 홈베이스로 달려들었
다. 당황한 2루수는 재빨리 포수에게 공을 던졌다.

"뛰어, 계속 뛰어."

3루에 그냥 머물 것을 지시했던 코치는 내가 이를 무시했는
데도 화를 내기는커녕 오히려 등 뒤에서 나를 격려했다. 어느새
빅토리스의 더그아웃에서도 선수들이 몽땅 튀어나와 코치의
목소리에 힘을 실어주었다. 나는 워리어스의 포수가 턱하니 버
티고 서 있는 홈베이스로 몸을 날렸다. 이와 동시에 2루수에게
공을 넘겨받은 포수가 내게 태그 자세를 취했다.

나는 홈베이스 위로 엎드렸다. 그 위로 포수의 육중한 체구가
짓눌렀다. 심판은 판정을 내리는 데 주저했다. 어차피 그의 입
에서 튀어나올 말은 세이프 아니면 아웃, 둘 중 하나였을 텐데
도 말이다.

나는 로버트 레드포드가 되고 싶었다. 그가 출연한 영화 '내
추럴'의 마지막 장면에서처럼 라이트를 깨뜨리는 화끈한 홈런
을 날린 뒤 자신에게로 쏟아지는 라이트 불꽃과 관중의 환호를
받으며 사각의 다이아몬드를 천천히 도는 모습을 꿈꾸었다. 그
것이야말로 진정한 홈런이라 믿어 의심치 않았다.

그런 내가 그녀를 떠나보내면서 생각이 바뀌었다. 나는 절대

타구를 펜스 밖으로 넘길 수 없다. 설사 때려낸다 하더라도 언제 야수들에게 죽을지 몰라 사각의 다이아몬드를 아등바등 달려야만 한다. 그래도 그렇게 구질구질하고 추접스럽게나마 살아남아 어떻게든 홈에 들어온다면 그것도 홈런이라는 사실을 깨달았다. 진작 그렇게 해서라도 그녀와 했던 약속은 지켜야 했다. 이 밤이 지나면 나는 촌스럽다고 놀려대던 연보라색 유니폼을 벗어야만 했다.

"세이프!"

전광판이 빅토리스가 9회 초에 1득점을 했음을 알렸다. 기록원은 내가 프로 1군 입문 최초로 홈런을 달성했음을 기록지에 기입했다.

첫번째 홈런볼

나는 목을 축이기 위해 맥주를 입에 가져갔다. 장황했던 어젯밤의 이야기가 마침내 대단원의 막을 내렸다. 근데 그녀의 반응이 영 시원치 않았다.

"제가 듣고 싶은 것은 그게 아닌데요. 그래도 최성혁 선수의 숨겨진 비하인드 스토리를 들을 수 있어서 좋았습니다."

"제 얘기가 전부 신문에 실리지는 않겠죠? 제가 뭐라고."

나는 잔을 비우자 배트 케이지를 어깨에 메고는 자리에 일어섰다.

"그래도 누군가 제 얘기를 들어주는 사람이 있어서 참으로 기분 좋았습니다. 기자님을 다시 볼 수 있으면 좋으련만……. 이제 그라운드에서는 아니겠지요?"

"아니에요. 당신은 토르시잖아요."

"토르요? 이 맥주와 같은 이름이네요. 신화에 등장한다는 천둥의 신. 별칭으로 괜찮겠네요. 근데 이제 그럴 일은 없을 테니……."

나는 씁쓸함을 감추지 못한 미소를 던지며 자리에서 일어섰다. 그리고 조용히 카운터로 다가갔다. 웨이트리스가 조용히 계산서를 내밀었다.

아뿔싸, 현재 내 수중에는 방금 전까지 시원하게 마셨던 맥주 값을 낼 돈이 없었다.

"다음에 오셔서 지불해도 괜찮습니다."

친절한 웨이트리스는 외상을 제안했지만 난 그러고 싶지 않았다. 어쩌면 이곳엔 다시 올 일이 없을지도 몰랐다. 나는 배트 케이지를 마구 뒤적거리다 무언가를 발견하고는 웨이트리스에게 내밀었다.

"대신 이거라도 받으시겠습니까?"

그건 바로 어제 경기에서 얻은 내 첫번째 홈런볼이었다. 펀드 매니저의 아내가 된 주인이 거부하여 갈 곳 잃고 퀴퀴한 내 배트 케이지에서 잠들어 있던…….

"이건 맥주 값보다 훨씬 비싼데. 그럼 나중에 이거 다시 돌려

달라고 하시면 안 돼요? 토르의 기념품으로 아스가르드에서 영원히 간직할 테니 말이에요."

난 말없이 고개를 끄덕였다. 그저 파란 매직으로 큼지막하게 '1'이라고 적힌 평범한 KBO 공인구가 비싸면 얼마나 비싸다고. 웨이트리스는 홈런볼을 이국적이고 호화로운 장식을 자랑하는 책장 위에다 다소곳이 올려놓았다. 그것은 마치 책장을 찾는 사람들을 내려다보는 듯이 거만한 자세를 취했다.

디
저
트

미미르 케이크

(Mimir Cake)

'미미르'는 지혜의 샘을 지키는 거인이다. 이 샘은 위그라드실의 뿌리에 자리하며 거인의 이름을 붙여 '미미르의 샘'이라고도 불린다. 샘의 물을 마시는 까닭에 미미르 역시 지혜롭다. 오딘은 해박한 지식을 얻고 싶어서 자신의 한쪽 눈을 주고는 샘물을 얻어 마셨다. 후에 미미르는 반신족의 신들에게 목이 베어지는 비참한 운명을 맞이한다. 하지만 오딘은 미미르의 목을 썩지 않도록 보존하고는 무슨 일이 생기면 그 목과 상의했다.

나는 그 거인의 이름이 붙은 조각 케이크를 조은은행에 재직할 당시에 즐겨 먹었다. 그렇다고 그자처럼 지혜롭진 못했다. 회사 돌아가는 사정도 모르고 넋 놓고 있다가 하루아침에 구조조정을 당하고 쫓겨났으니…….

샐러리맨

2010년 6월

서류 심사

　사옥으로 출근하기 전에 세 블록쯤 떨어진 곳에 자리한 카페 아스가르드에서 간단히 아침을 해결한다. 울르 와플과 프레이야 베이글이 그곳의 아침 메뉴로 유명하다. 하지만 나는 주로 달달한 블루베리 맛을 내는 미미르 케이크를 주문한다. 언제나처럼 목에 걸린 사원증을 터치하여 결제를 대신한다.

　'조은은행 인사관리부 부장.'

　두툼한 맑은 고딕체로 적힌 직함 아래로 박힌 증명사진 속의 나는 오늘따라 더욱 환하게 웃는 듯하다.

　왕십리와 회현동을 이어주는 4차선이 훤히 내다보이는 창가 옆 소파에서 때늦은 아침식사를 시작한다. 건너편 소파에서는 옹기종기 모여 앉은 영업부 직원들이 자판기 커피를 마시며 수다를 떤다.

"기획실에서도 다섯 명이나 잘렸다며?"

"그나마 나은 거야. 홍보부는 과장님 이하 전원이 권고사직 이래."

"우리 부서는 어떻게 되는 거야? 아직 전세대출도 한참 남았는데."

요즘 사내에 불어닥친 명예퇴직이 그들의 얘깃거리이다. 인사부 직원들도 언제부턴가 모이면 자신들도 퇴직 광풍에 휩쓸려가지 않을까 걱정했다. 인사부에서도 명예퇴직자가 여러 명 나올 것이라는 기획조정실의 정보가 흘러나왔다는 것이다. 이에 나는 가뜩이나 인원도 모자란 부서에서 사람을 자르겠느냐고 항변했다. 그러나 내 말이 안심을 주지는 못했던 모양이다. 하긴 입사동기였던 기획실 박 부장이 권고사직 대상자에 포함되었다는 소식에는 나도 며칠간 밤잠을 설쳤으니…….

"동네 근처에다 조그마한 편의점을 낼까 생각 중이야."

우거지상을 하고 있는 박 부장을 위로하고자 만든 술자리에서 그는 이렇게 고백했다. 나는 장사는 아무나 하는 게 아니라고 만류했지만 그는 결심을 굽힐 줄 몰랐다. 아마 오늘내일 중으로 그는 권고사직을 당한 부하들과 함께 사직서를 던질 것이다.

사무실로 들어오자 조 주임이 두툼한 파일들을 건네준다. 문창과 출신이어서 그런지 몰라도 보고서와 기안문 등을 깔끔하게 작성해서, 인사부 직원들로부터 칭찬을 받는 신입사원이다. 그녀가 건넨 파일에는 이번 공개채용 모집에서 1차 전형을 통과한 사람들의 지원 서류들이 들어 있다. 한참을 들여다보고 있을 때 이사로부터 전화가 걸려왔다.

"요새 어렵잖아. 있는 직원도 잘라내는 판에 직원을 새로 뽑는다는 것도 우습고. 그래서 방금 전 간부회의에서 채용인원을 반으로 줄이기로 결정했어. 그러니까 남 부장이 1차 전형 통과자들을 반으로 더 추려서 면접 일정 준비해."

참으로 난감한 명령을 이사는 전화 한 통으로 쉽게 지시한다. 달랑 이력서와 자기소개서, 졸업증명서와 성적증명서, 자격증 사본 등의 몇 가지 서류만으로 어떻게 당장 합격자와 불합격자를 가른단 말인가? 과장 이하 인사부 직원들이 사흘 밤낮 동안 삼백 명에 가까운 지원자 중에서 서른 명을 추려낸 작업은 대형 기획 프로젝트를 수행했을 때와 맞먹는 고생이다. 하지만 나는 앉은 자리에서 다시 내 주관만으로 열다섯 명을 탈락시켜야 한다.

SKY는 기본이다. 토익, 토플, JPT는 당연하고 HSK 점수를 취득한 자도 더러 있다. 요새 붐이라는 MOS에 정보처리기사, 워드, 한자 등등 자격증도 화려하고 다채롭다. 해외연수, 공모전 수상, 학생회장 역임, 인턴 경력…… 이력서만 보면 죄다 인사부로 데려오고 싶은 인재들이다. 그래서 자기소개서로 심사하기로 결심한다.

눈에 띄는 자기소개서를 발견한다. 입사 포부가 참으로 독특하다. 셰익스피어의 희곡 '리어왕'의 셋째 딸 코델리아의 대사를 인용했다.

"그저 직원으로서 조은은행을 위해 일하겠습니다. 직원이 되겠습니다."

문창과를 졸업하고 지방 신문사의 신춘문예에 등단한 글재주 때문인지 나머지 스물아홉 편의 자기소개서 중에서 유일하게 회사가 요구한 분량을 넘겼다. 그렇지만 탈락자들의 서류를 모아둔 빈 A4용지 박스에 미련 없이 던져버린다. 스펙과 경력 사항이 형편없었기 때문이다.

그 사람을 필두로 나머지 열네 명의 자기소개서가 차례로 박스에 던져진다.

"조 주임, 이 박스 복사기 옆에 갖다놔. 시간 날 때 이면지 활용 도장 좀 찍고."

조 주임이 방을 나간 뒤 박 부장에게 전화를 건다. 회사를 떠나기 전에 마지막으로 식사라도 같이 하기 위해서이다. 지난번 술자리도 내가 냈으니 이번에는 그의 차례지만 분위기상 아무래도 내가 내야만 할 것 같다.

마침